„Ich war schrecklich brav, viel zu brav“
Marylka Bender-Kellerer – ein Leben, ein Jahrhundert

„Ich war schrecklich brav, viel zu brav“

Marylka Bender-Kellerer
ein Leben – ein Jahrhundert

Erzählend begleitet von Harald Grill
Mit Bildern versehen von Siegfried Maier

Verlag Sankt Michaelsbund

… besonderer Dank gilt Marylka Bender-Kellerer
für die langen interessanten Gespräche[1]

„Heute würde man mich als Kind wahrscheinlich zum Psychiater bringen …"

Das 19. Jahrhundert ist gerade vorbei und das 21. hat soeben begonnen. Dazwischen der über hundert Jahre weite Lebensweg von Marylka Bender-Kellerer. Fragt man sie nach ihrem Leben, meint sie nur: „Nichts Besonderes, da hat sich eins aus dem anderen ergeben, nichts Aufsehenerregendes – ich kann keine Holocaust-Geschichte erzählen." Und doch: Sie ist in der Lage, in wachem Zustand zurückzublicken auf eine Lebensgeschichte von über hundert Jahren. Marylka ist ein stilles Kind gewesen. Wenn Besuch kam und jemand fragte sie etwas, senkte sie den Kopf und schwieg. „Heute würde man mich als Kind wahrscheinlich zum Psychiater bringen – ich hab einfach nichts gesagt, war einfach zu schüchtern", meint sie.

Nicht, dass sie nun im Alter von 103 Jahren redselig geworden wäre oder gar geschwätzig. Während meiner Besuche sitze ich einer sehr selbstbewussten, klugen Gesprächspartnerin gegenüber, die sich – auch dort, wo sie um eine Antwort verlegen ist – Schritt für Schritt behutsam auf die Suche macht nach Erklärungen und dabei mit analytischem Geschick ihre Bildung ebenso einzubringen vermag wie ihre Lebenserfahrung.

Nicht aufhören, neugierig zu sein und neugierig zu bleiben. Auch die Neugierde, die Zusammenhänge verstehen zu wollen, die privates Leben und Weltgeschichte miteinander verbinden, sowie die Erkenntnis, dass die große Geschichte undenkbar wäre ohne die vielen Lebensgeschichten der Menschen, die sie tragen und ertragen, hat das Entstehen dieses Buches vorangetrieben.

Aus dieser Haltung heraus mache ich mich auf den Weg durch das inzwischen über hundert Jahre ausgreifende Leben und *Er*-leben von Marylka Bender-Kellerer. Siegfried Maier, der Frau Bender-Kellerer schon viele Jahre kennt, begleitet mich zu den Begegnungen und dokumentiert sie. Er sammelt Materialien, fotografiert während der Gespräche und sichtet Frau Benders Zeichnungen.

Ein Lebenslauf wäre ja schnell erzählt. *Lebenslauf*, darin steckt das Wort *laufen*. Aber wer läuft, der schaut kaum rechts und links, der nimmt wenig von der Umgebung wahr, durch die er sich bewegt. Ein Lebenslauf, ein paar Zeilen nur; dahinter stehen unübersehbar viele Erfahrungen, Haltestationen, Glücksmomente, tragische Wendungen und Weichenstellungen. Dieses Buch sei also weniger die Darstellung eines Lebenslaufes als viel mehr ein Blick auf eine Lebenswanderung. Das Wort *wandern* wird wohl dem Lebensweg mehr gerecht, ist aber ähnlich dem Laufen aufs Ziel ausgerichtet, ein langer Weg, gemessen an kleinsten Etappen, an Tagesetappen. Eine sportliche Leistung… Eher scheint noch das Wort *Spaziergang* angemessen. Beim Spazierengehen ist es nicht wichtig, ein Ziel zu erreichen. Und letztendlich wäre das große Ziel im Leben doch nur der Tod. Beim Spazierengehen bleibt man einmal hier stehen, einmal da, betrachtet dies und jenes, denkt ein Stück zurück, denkt voraus: Wie wird es hinter der nächsten Ecke ausschauen?

Ein Spaziergang durch ein Leben. Zugegeben: ein kurzer Spaziergang. Meine Güte, ein Jahrhundert! Wie viel mehr gäbe es da noch zu erzählen. Aber die Kräfte der Spaziergänger haben ihre Grenzen dort, wo ihre Lebenszeit Grenzen setzt. Jeder steckt in seinem eigenen Leben und kann sich nicht beliebig lang mit anderen Leben beschäftigen. Aber so lang, dass man Erfahrungen für den eigenen Lebensweg daraus schöpfen kann, sollte man sich schon Zeit nehmen können. Eine Reisebeschreibung also durch ein fremdes Leben als Anreiz, zu vergleichen, sich selbst neu einzuordnen und den eigenen Lebensweg genauer zu betrachten.

Die im Text eingestreuten Schlagzeilen quer durch die Geschichte des vergangenen Jahrhunderts können natürlich keinen Anspruch auf Vollständigkeit erheben. Sie sollen der Orientierung auf der Zeitleiste dienen, sind als Trittsteine gedacht oder als Wegmarkierungen. Wichtiges und Unwichtiges steht manchmal fast zufällig nebeneinander, so wie es wohl seinerzeit auch von vielen Zeitgenossen wahrgenommen worden ist.

„Der Name gehört zu einem.
Wenn man ihn wegnimmt,
das ist, als würde einem ein Bein amputiert."

Marylka Bender kommt aus Polen. Ihr Vorname ist in Polen eigentlich ein häufiger Name, nichts Ungewöhnliches. Ihre Mutter hat sich diesen Namen nicht ausgedacht, aber ausgesucht. Sie war literarisch sehr interessiert und Marylka muss wohl der Name einer Romanfigur gewesen sein. Aus welchem Roman? Marylka Bender weiß es nicht.
„Keine Ahnung…", sagt sie.
Aber sie ist ihr Leben lang zufrieden gewesen mit ihrem Namen. „Ich finde ja, man wächst in einen Vornamen hinein. Es ist ein Unterschied, ob man jetzt – was weiß ich – Marylka heißt oder Emma oder irgendeinen anderen Namen hat. Man wächst hinein in den Typ."

Die erste und einzige Person in ihrem Leben, die den Namen nicht leiden konnte, war Marylkas erste Lehrerin in München. Sie hat ihr schon am allerersten Schultag zu verstehen gegeben, wie bayerische Herzlichkeit klingen kann. Das war 1915, im ersten Kriegsjahr des Ersten Weltkriegs. Die Lehrerin war offenkundig keine Polenfreundin und hat die Sechsjährige als feindliche Ausländerin behandelt. Diesen kracherten Empfang in Bayern und die Situation, als sie das erste Mal ihrer Lehrerin gegenübergestanden ist, hat Marylka Bender nie vergessen.

„Sie hat mich angeschaut, hat meinen Namen gesagt und noch einmal gesagt: ‚Marylka? Marylka – was is denn des für a Name? Ich sag Mare zu dir'. Das hat mich sehr gekränkt als Kind, aber was sollte ich machen, naja, der Name gehört zu einem, wenn man ihn wegnimmt, das ist, als würde einem ein Bein amputiert."

Erste Erinnerungen
Verwischte Bilder aus der frühen Kindheit
Inseln in einer Schattenwelt

Marylka Bender kommt am 15. Februar 1909 als Kind einer jüdischen Familie in der kleinen polnischen Grenzstadt Sosnoviec, deutsch: Sosnowitz, zur Welt. Das Städtchen liegt in Oberschlesien und gehört in dieser Zeit zu Russland. Erst nach dem Ersten Weltkrieg wird es wieder polnisch. Auf der anderen Seite der Grenze liegt Deutschland mit der Stadt Kattowitz. Dorthin fährt Jadwiga Bender, weil sie in einer deutschen Klinik entbinden will. Zu deutschen Krankenhäusern hat sie mehr Vertrauen.

Während der ersten 40 Jahre ihres Lebens besitzt Marylka die polnische Staatsbürgerschaft. Auch ihre Muttersprache ist bis zum fünften Lebensjahr Polnisch. Ganz selbstverständlich wird zu Hause neben dem Polnischen auch russisch und deutsch gesprochen. Und französisch. Stanislas Bender, Marylkas Vater, hat als junger Mann zwei Jahre in Paris Malerei studiert und die Mutter Jadwiga Vorlesungen an einer Schweizer Universität besucht. Wenn sie nicht wollen, dass ihr Töchterchen sie versteht, unterhalten sich die Eltern einfach französisch.

Eines Tages erfährt das Kind von dem bevorstehenden Umzug nach Deutschland. „Da hab ich also gehört, wir ziehen jetzt um, wir fahren nach Deutschland. Und da hab ich gedacht, jetzt muss ich deutsch sprechen.“ Und so übt sie hartnäckig das, was sie für die deutsche Sprache hält. Sie erzählt das mit einem spitzbübischen Zwinkern. „Da ergänzte ich einfach die polnischen Wörter meines Vokabulars mit französisch klingenden Endsilben.“

Von den Erinnerungen, die sie aus Polen mitbringt, bleiben nicht viele übrig. Frühkindliche, verwischte Bilder. Inseln in einer Schattenwelt.

Aber da liegen auch noch die Fotoalben auf dem Tisch. Und ein gebundenes Bilderbuch mit ihren Kinderzeichnungen.

Sie hat es fast ein Jahrhundert lang aufbewahrt und in unsere Zeit gerettet. Erinnerungen an die Geborgenheit der Kindheit können ein Stück Heimat sein, eine Wegzehrung fürs ganze Leben.

Zeichnen und Malen sind ihr schon während der Kindheit besonders wichtig. „Die Malsachen waren mein Spielzeug. Die Spiele haben sich bei mir meistens zu Hause abgespielt. Ich hab einen Malkasten gekriegt und einen Malblock, das berühmte Buch hier. Diese Erinnerungen! Ich war voll mit Märchen. Ich wollte eine Fee malen, eine Fee im Wald. Also erstens: Wie malt man eine Fee? Und große Schwierigkeiten: Wie malt man einen Wald? Da lag ich meinem Vater in den Ohren, wie malt man Wald, und ich hab halt keine Lösung gefunden, außer möglichst viel Grün aufeinanderzubatzen. Noch Grün und noch a bissl Grün. Das Bild ist missglückt: trotzdem eine wichtige Erfahrung – ohne Zweifel."

Wir blättern im Fotoalbum: Gruppenfotos mit Verwandten. Besuche im Gebirge. Ein entspanntes Völkchen. Und trotzdem, selten lacht jemand auf den Bildern. Zeichnet sich da schon der bevorstehende Erste Weltkrieg ab?
„Wenn sie heutzutage Fotos anschauen, dann müssen sie überall die Zähne sehen, nein, das war damals nicht ...".
Auf einem der Bilder ist das Atelier des Vaters, des Kunstmalers Stanislas Bender, zu sehen. Er steht mit einem Malpinsel in der Hand vor einer Staffelei und scheint nachzudenken. „Als ich ganz klein war", erzählt Marylka Bender, „stand ich dabei und er hat dann einen kleinen Hocker neben sich an die Staffelei gestellt und mir einen Pinsel in die Hand gegeben und da durfte ich mitmalen. Das war sehr schön."

Die Familie von Stanislas Bender lebt in Lodz. Gegen den Willen der Familie hat er Polen den Rücken gekehrt, um in Paris und München an der Kunstakademie zu studieren.

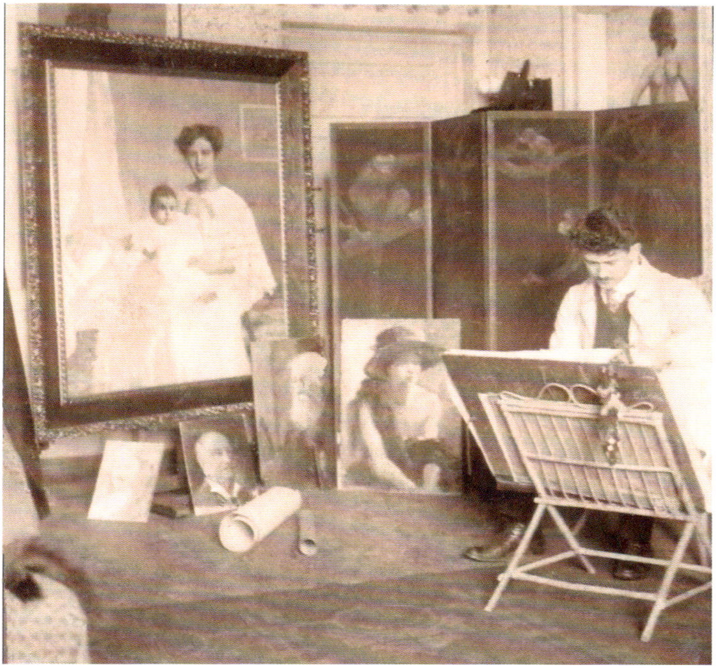

Das Studium und seinen Lebensunterhalt finanziert er durch Halbtagsstellungen in lithographischen Ateliers.
Als kleines Kind kommt Marylka mit den Tanten und Onkeln nur bei den üblichen Verwandtenbesuchen zusammen. Deren Wohnungen erscheinen ihr geheimnisvoll, bedeutungsvoller als die Umgebung daheim. „Während in unserer Wohnung überall Bilder meines Vater herumstanden, Staffeleien, Modell-Podiums und Farben zum normalen Hausrat gehörten und es überall nach Terpentinöl und Malerleinwand roch, glitzerte es in den Wohnungen meiner Tanten und Onkel von Silber und Kristall.“

Vergegenwärtigen wir uns die Zeitleiste: Wir stehen am Anfang des 20. Jahrhunderts in der Zeit des Jugendstils und bewegen uns im Großbürgertum. Die Damen tragen lange Röcke und riesige Hüte. Arbeitende Frauen gibt es vorwiegend in den armen Bevölkerungskreisen. Was die gesellschaftliche Situation im Allgemeinen betrifft, gärt es bereits seit einigen Jahrzehnten. Die politischen Theorien des 19. Jahrhunderts werden wie überall in Europa auch in Polen und Russland vor allem unter den jungen Leuten diskutiert. Eine große Revolution sucht sich ihre Bahn, ein anschwellender Strom, der sich unaufhaltsam ausbreitet und die Ufer wegzuspülen droht.

In der Familie von Marylkas Mutter geht es wesentlich bescheidener zu als in der des Vaters. Es gibt nur einen ‚reichen' Onkel und einige wohlhabende Cousinen. „Während meine Mutter die damalige europäische Literatur verschlang und nach Entwürfen meines Vaters Sofakissen stickte, verbrachten meine Tanten ihre Tage zwischen Modistinnen und gegenseitigen Einladungen."

Der Großvater mütterlicherseits verstirbt sehr früh. Marylka hat ihn nicht mehr gekannt und die Großmutter muss sich, teils mit Handel, teils mit Hilfe des wohlhabenden Onkels, so gut es geht durchbringen. „Offenkundig war sie ein sehr primitives Menschenkind", meint Marylka Bender, „doch konnte ich mir kein eigenes Urteil bilden, weil mich meine Eltern so weit wie möglich von ihr fernhielten und meine Mutter mit ihr in einem Dauerkrieg lebte. Die einzigen Streitereien, die ich zuhause erlebte, gab es ihretwegen."

Trotzdem zieht die Großmutter mit um nach München. Die Eltern bringen es nicht übers Herz, sie alleine in Polen zurückzulassen, denn Marylkas Mutter Jadwiga ist ihr einziges Kind. Als sich die Benders in München eine Wohnung in der Schwabinger Isabellastraße einrichten, bezieht sie eine eigene kleine Wohnung auf der anderen Straßenseite. Marylka Bender charakterisiert die Beziehung zu ihrer Großmutter lapidar so: „Sie war also nicht einsam, aber trotzdem auch gesellschaftlich nicht voll aufgenommen und lebte ihr eigenes Leben. Ich besuchte sie höflich von Zeit zu Zeit, auch kam sie manchmal zu uns, doch hatte ich keinerlei Gefühlsbindung zu ihr."
Für Marylkas Eltern ist die Entscheidung, Polen zu verlassen, „ein Befreiungsschlag". Sie wollen beide die Enge und den Stallgeruch des ‚Schtetl' hinter sich lassen. Den Vater Sta-

nislas Bender zieht es nach München. Dort sieht er bessere Möglichkeiten in seinem Beruf als Künstler. Er richtet sich in Schwabing ein Atelier ein und malt sich in seinen Milieu- und Genrebildern frei von den Erinnerungen an die ostjüdische Kleinstadtwelt.

Die Mutter, deren hervorstechendste Eigenschaft ihre „selbstständige Intelligenz" ist, befreit sich durch das Studium der Klassiker und der damals modernen Literatur. Beide Elternteile steigen bewusst aus dem konservativ religiösen jüdischen Ghetto-Milieu aus, ohne jedoch ihre jüdische Herkunft zu verleugnen. Marylka Bender sieht heute die Ursache dieses Verhaltens ihrer Eltern in einem größeren historischen Zusammenhang. „Die Zeit um die Wende vom 19. zum 20. Jahrhundert war eine Zeit, in der es vor allem in der Jugend Polens und Russlands rumorte und sich die spätere Revolution bereits psychisch vorbereitete."

Als die Familie Bender nach München umsiedelt, macht sie zunächst für ein paar Monate Station in Bad Reichenhall. Marylkas Vater will die Gelegenheit für eine Hals-Nasen-

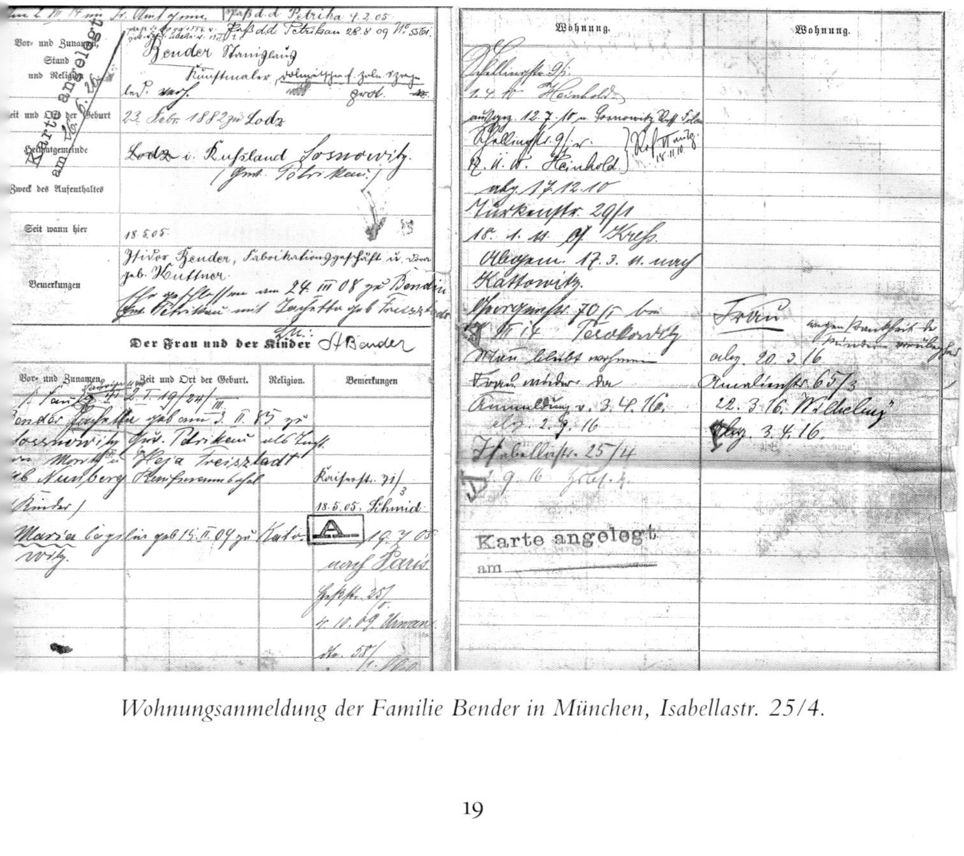

Vor- und Zuname, Stand und Religion: Bender ... Kunstmaler ...

Zeit und Ort der Geburt: 23. Febr. 1882 zu Lodz

Heimatgemeinde: Lodz i. Rußland Sosnowitz

Zweck des Aufenthaltes

Seit wann hier: 18.5.05

Bemerkungen

Der Frau und der Kinder

Vor- und Zunamen	Zeit und Ort der Geburt.	Religion.	Bemerkungen

Wohnung. | Wohnung.

Karte angelegt am

Wohnungsanmeldung der Familie Bender in München, Isabellastr. 25/4.

Ohren-Kur nutzen. Während dieser Zeit wird der österreichische Thronfolger Erzherzog Franz Ferdinand in Sarajewo bei einem Attentat erschossen. In Mitteleuropa überschlagen sich die politischen Ereignisse. Zunächst entwickelt sich aus dem Vorfall ein Krieg zwischen Österreich-Ungarn und dem Königreich Serbien. Durch die gegenseitigen Bündnisverpflichtungen eskaliert dieser Lokalkrieg innerhalb weniger Tage zum Kontinentalkrieg unter Beteiligung von Frankreich, Russland und Großbritannien.

Am 4. August 1914 versammelte Kaiser Wilhelm II. in Berlin die Vertreter aller im Reichstag vertretenen Parteien und erklärte im Rahmen einer Thronrede: „Ich kenne keine Parteien mehr, ich kenne nur noch Deutsche! Zum Zeichen dessen, dass Sie fest entschlossen sind, ohne Parteiunterschied, ohne Stammesunterschied, ohne Konfessionsunterschied durchzuhalten mit mir durch dick und dünn, durch Not und Tod zu gehen, fordere ich die Vorstände der Parteien auf, vorzutreten und mir das in die Hand zu geloben."

Der Erste Weltkrieg dauert von 1914 bis 1918. Er greift von Europa aus in den Nahen Osten, nach Afrika und Ostasien über. Rund 70 Millionen Menschen stehen unter Waffen, etwa 40 Staaten sind am Krieg direkt oder indirekt beteiligt. 17 Millionen Menschen werden diesen Krieg mit ihrem Leben bezahlen.

„Als wir dann nach München kamen, waren wir schon feindliche Ausländer."

Als kleines Mädchen empfindet Marylka Bender die Situation einer Ausländerin als ganz normal. Auch aus heutiger Sicht sieht sie ihre damalige Lage als relativ harmlos im Vergleich zu den Erfahrungen im Dritten Reich. „Die Leute waren eigentlich nett und es gab auch keine besonderen Auflagen. Mein Vater musste sich einmal in der Woche bei der Polizei melden, ich wurde angewiesen, auf der Straße nicht polnisch zu sprechen, aber sonst sind wir nicht belästigt worden. Es war eigentlich gar nicht schlecht, also für uns jedenfalls nicht. Mein Vater war total unpolitisch. Mein Gott, wir haben gelebt wie die anderen Deutschen auch." Gleichzeitig spürt sie heute mehr denn je, dass sie in ihrer Kindheit einen gravierenden Verlust an Sicherheit und Zugehörigkeit erlitten hat. Sie hat inzwischen viel darüber nachgedacht und betrachtet die damalige Situation heute ganz und gar unsentimental. „Normalerweise besteht für ein Kind, selbst wenn es ohne Geschwister aufwächst, der Le-

benskreis, in dem es sich aufgehoben und sicher fühlt, aus Mama, Papa, Oma und Opa, sowie einigen Tanten, Onkeln und deren Kindern. In meinem Fall war dieser Schutzwall mütterlicherseits mangels nicht akzeptierter Oma praktisch nicht vorhanden und väterlicherseits räumlich und auch mental so weit entfernt, dass, trotz gelegentlicher Briefwechsel und Besuche, sich in mir kein Zugehörigkeitsgefühl entwickeln konnte. Heute ist mir klar, dass es eine, wenn auch freiwillige, Emigranten-Situation war, an der hintergründig die Kinder mehr zu leiden haben als ihre Eltern, vor allem, wenn es sich um Einzelkinder handelt, denn mangels weiterer Bezugspersonen gewinnen die Eltern vielleicht mehr Gewicht, als ihnen gut tut."

Marylka Bender ist gerade fünf und spricht nur ein paar Wörter Deutsch, als ihre Eltern nach München ziehen. Das Kind lernt sehr schnell und wird im Jahre 1915 eingeschult. Die Schule jedoch wird für das Kind zunächst zu einem Problem. Nun ja, eigentlich nicht die Schule, sondern das Schulhaus, das Gebäude, denn eigentlich wohnt sie ja im Schulsprengel der Volksschule an der Türkenstraße. Die wird aber bereits 1915 zu einem Lazarett umgebaut. So kommt es, dass Marylka ihre ersten Schuljahre in der Universität absolviert. Dort ist Platz, denn die meisten Studenten sind draußen im Krieg. „Die ersten vier Jahre Volksschule habe ich auf der Universität verbracht…“ Das hört sich gut an, das schon, aber der bereits erwähnte Auftakt in der bayerischen Schule, dieser polternde Empfang durch die bayerische Klassenlehrerin – „Marylka? Ich sag Mare zu dir!“ – ist alles andere als erfreulich für das kleine Mädchen und verfolgt es seitdem traumatisch. Da kommt jemand und nimmt einem einfach den Namen.

Sonst verliefen die ersten Schuljahre wie für die bayerischen Kinder auch. „Wir mussten ganz besonders brav sein. In den Pausen gab es keinerlei Freiheit, sondern wir hatten uns zu zweien an den Händen zu halten und in den Gängen unter der Aufsicht von der Lehrerin herumzustehen, bis die neue Stunde begann. Ich hatte gewaltigen Respekt vor diesem Haus und allem, was damit zusammenhing. Sogar die Springbrunnen vor dem Gebäude flößten mir Respekt ein: Um nichts in der Welt hätte ich gewagt, meinen kleinen Tafelschwamm – damals schrieb man noch mit Schiefertafel und Griffel – darin zu befeuchten. Die Griffel waren für uns Sechsjährige begehrte Objekte. Es gab die gewöhnlichen Griffel, in bunt bedrucktes Papier gewickelt, und solche in farbigem Hochglanzpapier. Ich glaube mich zu erinnern, dass sie einen Pfennig teurer waren als die ‚einfachen‘, aber sie waren meine damalige Leidenschaft. Im ersten Schuljahr brachte mich mein Vater jeden Tag zur Schule und ich war eine begeisterte und ehrgeizige Schülerin.“

Franzosen und Engländer sind zu dieser Zeit die verhassten Erbfeinde der Deutschen, aber an Marylkas Personalien als polnische Jüdin nimmt niemand in der Schule Anstoß. Nur die Lehrerin, die ihr ihren polnischen Vornamen in den bairischen Namen *Mare* verbogen hat, nein, die kann sie um nichts in der Welt leiden. „Für sie war mein polnischer Vorname herausfordernd und anmaßend. Ich fühlte mich sehr verletzt. Sie verpasste mir auch einmal eine Ohrfeige wegen Schwätzens, was sich mein Vater aber nicht bieten ließ und was sich dann auch nie mehr wiederholte."

Sommer 2010. Zusammen mit Siegfried Maier brechen wir auf zu einem kleinen Ausflug in Marylka Benders Schwabinger Vergangenheit. Die Fahrt wird zum Memory-Spiel – jede Kurve, jeder neue Blick das Aufdecken einer Erinnerung. Mit wachen Agen schaut sie hinaus und registriert Veränderungen.
Vor dem Haus in der Münchner Isabellastraße 25, in dem sie von 1914 bis 1936 gelebt hat, bleiben wir stehen. Die Zeit,

als sie in diesem Viertel in München eingeschult worden ist, steht ihr noch deutlich vor Augen. Vergangenheit wird Gegenwart. „Da hat eine Ziege gegrast in der Agnesstraße, dort, wo jetzt die Post steht", erzählt sie und deutet hinüber zur anderen Straßenseite. Marylka Bender ist neugierig. Sie ist ja schon so lange nicht mehr im Haus ihrer Kindheit gewesen. „Ob man hier reinschauen kann ins Treppenhaus?" Und schon stehen wir im Hausgang. Fliesen und Geländer im Jugendstildekor. „Noch genau wie damals! Da hab ich mein Fahrrad jeden Tag raufgeschleppt in den vierten Stock." Und der Onkel, der ihr das Fahrrad schenkt, meint es noch dazu besonders gut, wählt ein Rad aus, so groß, dass sie auch als Erwachsene noch damit fahren kann. So wie man Kindern die Schuhe ein bisschen zu groß kauft, dass sie hineinwachsen können. Der Vater doppelt die Pedale mit Holzklötzchen auf, damit Marylka sie mit den Füßen überhaupt erreichen kann.

Heute gibt es einen Fahrstuhl im Haus. Ein wichtiger Umbau, der es ermöglicht, dass Marylka Bender nach vielen Jahrzehnten problemlos wieder hinauf kann vor die damalige Wohnungstür. Leider sind die jetzigen Bewohner nicht daheim. Sie hätte nach so langer Zeit nur zu gern die Wohnräume ihrer Kinderzeit wiedergesehen.

Marylkas beste Freundin wohnt im Haus nebenan. Sie hat ebenfalls keinen bairischen Namen – allerdings einen sehr deutschen: Brunhild heißt sie und ist Tochter eines Lehrers und Wagner-Verehrers. „Sie war die einzige Tochter der Familie, deshalb gab ihr der Vater noch einige weitere Namen aus den deutschen Heldensagen mit auf den Lebensweg. Für den täglichen Gebrauch die ‚Brunhild'. Da sie ein etwas schwerer Typ war, war der Name nicht allzu abwegig."

Am Nachmittag hat Brunhild bei den Benders im vierten Stock geläutet. Marylka sieht sie noch heute unten im Hausgang stehen. „Und dann, das war typisch, da hat sie raufgerufen: ‚Hallo, kommst du mit? Gehst du mit zum Wurstholen?'"

Wir probieren noch einmal mit einer kindlichen Sprachmelodie in der Stimme aus, wie das geklungen haben muss, und rufen die Sätze vom vierten Stock nach unten. Marylka wird wieder zum kleinen Mädchen. Sie muss lachen, dann ruft sie ebenfalls mit kindlichem Singsang übers Treppengeländer hinunter ins Parterre: „Ja-haaa! Ich kohomm schon!"

Wieder draußen vor dem Haus betrachten wir die beiden steinernen Löwen, einer links von der Haustür und der andere rechts. Sind es wirklich Löwenköpfe oder nicht etwa Delfine? Aber die Eckzähne! Ja, es sind wirklich Löwenköpfe! Sie dienten den Freundinnen als Sessel, auf denen nahmen sie nach der Schule Platz, um zu ratschen – zwei lebendige Statuen: eine rechts der Haustür, die andere links. Die

hohen Linden entlang der Straße hat es damals noch nicht gegeben. Heute sprenkeln ihre Schatten den Asphalt. Das Licht muss ganz anders gewesen sein. Damals muss die Sonne im Sommer ungehindert auf die Straße gebrannt haben. Autos und Parkplätze, heute normales Straßenbild, seinerzeit wären sie als nicht hinnehmbare Störfaktoren empfunden worden.
Ich filtere in meinen Ohren den Verkehrslärm weg. Welche Geräusche sind übrig aus Marylkas Kinderzeit. Kindergeschrei. Der Hall des Hämmerns. Die Stimmen der Bauarbeiter, die irgendwo, von hier aus nicht sichtbar, ihrer Arbeit nachgehen. Vielleicht das Knirschen der eisenbeschlagenen Räder einer Kutsche auf dem Straßenbelag, der Hufschlag von Pferden. Und Gerüche?
„Ja, die Pferdeäpfel auf der Straße!"
Marylka Bender erzählt auch vom Geruch der öffentlichen Toiletten in der Agnesstraße, an denen sie auf dem Schulweg immer schnell vorbei sein wollte.

Obwohl die Familie Bender durchaus nicht mittellos ist, ergeben sich in der Kriegszeit auch für sie Versorgungsprobleme. „Es gab ja nichts zu essen, da war man wirklich aufs Hamstern angewiesen. Die Haushälterin stammte aus Reichenhall. Sie fuhr einmal oder zweimal im Jahr nach Hause und kam zurück mit einem Metalltopf Butterschmalz und Eiern. Das war dann Proviant für einige Zeit. Und mein Vater, der ein sehr gut aussehender Mann war, der ist seinerseits hamstern gegangen, und zwar hat er da eine Bäuerin aufgetan, irgendwo im Isartal, in Ebenhausen glaub ich. Also, da ging er immer hin und da hat er erzählt, sie wollte nichts rausrücken, sie wollte keine Eier und nix hergeben. Da hat er sie doch bezaubert und sie hat gesagt: ‚I kann ja net.' Und dann kam sie, da war ich oft dabei, da gab's diese Tonschüsseln, diese braunen, da hatte sie saure Milch aufgestellt, auf einer Etage, eine neben der anderen. Da kam sie also, hat sie runtergeholt mit ihren ungewaschenen Fingern, abgelöst von der Schale und hat uns das präsentiert. Man hat sich drauf gestürzt und es hat herrlich geschmeckt."

Die Familie Bender: die Mutter Jadwiga, zu deutsch Hedwig, der Vater Stanislas und das Kind Marylka. Eine jüdische Familie in München. Und doch gibt es auch innerhalb der jüdischen Kreise in München wie wohl in allen mitteleuropäischen Großstädten große Unterschiede in der Religiosität und der Pflege des Glaubens. Die Benders sind liberal denkende Emigranten und nicht so orthodox ausgerichtet wie etwa die Familie des bekannten Schriftstellers Lion Feuchtwanger, die zu dieser Zeit ebenfalls in München lebt. Marylkas Eltern haben andere Probleme, müssen Fuß fassen in einer fremden Stadt, in einer anderen Sprache und in einer fremden Kultur. Zugleich kann man sie sich sogar während des Ersten Weltkrieges als glückliche Familie vorstellen.

Am Beginn des 20. Jahrhunderts leben Adel, Bürgertum und Militär nach der Devise, am deutschen Wesen könne die Welt genesen. Das wilhelminische Kaiserreich sieht sich in voller Blüte und strotzt vor Selbstbewusstsein.
Stanislas Bender ist eine eindrucksvolle Persönlichkeit: zielorientiert und stark. Seine Eltern und wohl auch die Verwandten, die alle Geschäftsleute sind, sähen es gern, wenn auch er Geschäftsmann werden würde. „Das mach ich nicht, das kann ich nicht!“ soll er wiederholt geäußert haben. Kurzum, er streikt. Er träumt ja schon von Kindheit an davon, Maler zu werden. Er muss Maler werden! Zielstrebig, mit viel Energie setzt er seinen Berufstraum in die Wirklichkeit um. Verwandtschaft und Familie scheinen es ihm nicht übel zu nehmen.
So kommen Marylka und ihre Eltern auch in München immer wieder mit ihren vielen Verwandten zusammen. Stanislas Bender hat fünf Geschwister. Einige fahren im Sommer regelmäßig nach Wiesbaden oder nach Karlsbad und kommen anlässlich dieser Reisen zu Besuch nach Oberbayern.
In München ist Stanislas Bender bald ein sehr gefragter Maler. In einem Zeitungsartikel aus dieser Zeit über ihn heißt

es: „In den Wohnungen jeder jüdischen Familie im München hängt eines seiner Bilder."

Im Jahr 1920 erscheint im Verlag J. Kauffmann eine Sammelmappe mit zum Teil kolorierten Drucken von Stanislas Bender, die Einblick gewährt in sein damaliges Schaffen.

Er ist jedoch als Künstler auch ein guter Geschäftsmann. Da er sich im Klaren darüber ist, dass der wirtschaftliche Erfolg eines Kunstmalers großen Schwankungen unterworfen sein kann, baut er ein Reklame-Atelier auf, das bald in ganz Deutschland Bekanntheit erlangt. So kann sich die Familie

schon bald eine Haushälterin leisten, auch Klavierstunden für die achtjährige Tochter oder Ausflüge ins Grüne.
„Wir fuhren sogar immer in die Sommerfrische nach Stockdorf. Also nur mit meiner Mutter, nein, manchmal war auch mein Vater dabei, aber meistens nur meine Mutter."

An Kindergeburtstagen werden auch andere Kinder eingeladen – „je nach Anzahl der besten Freundinnen und Freunde". Marylka bekommt als Geschenke Kleidung, Bücher und Spielsachen.
Ab 1917 lebt Mohrle bei der Familie Bender. Mohrle, das ist nicht, wie man zunächst vermuten könnte, eine Katze, sondern eine junge Frau, welche die Stellung als Haushaltshilfe bei der Familie Bender antritt. Marylka schließt Mohrle vom ersten Augenblick an in ihr Herz. Noch viele Jahrzehnte später sieht Marylka Bender sie deutlich vor sich. „Sie war klein, rundlich, hatte ein heiteres Lächeln im Gesicht, freundliche, gute Augen und gefiel mir sofort. Sie stammte aus Bad Reichenhall und hatte noch eine ältere Schwester und drei Brüder. Der Vater war Zöllner und sie war, wie die ganze Familie, von einer ehrlichen, katholischen Frömmigkeit, ohne Bigotterie."

Sie heißt „Marie“, auf Bairisch „Mare”. Da Marylka seit dem Schuleintritt mit diesem Namen gewisse Unannehmlichkeiten verbindet, tauft sie die Haushälterin einfach um in Mohrle. Dieser Kosename bleibt ihr bei allen Freunden und Bekannten der Familie bis ins hohe Alter erhalten. Das Mädchen Marylka mag vor allem ihre ruhige, freundliche Heiterkeit und, obwohl sie sich sonst allen Fremden gegenüber sehr scheu und schüchtern verhält, fasst sie schnell Vertrauen zu ihr. Und Mohrle hat vermutlich genau das, was dem Kind fehlt: Die sicheren Wurzeln in einer großen Familie, inmitten ihrer bayerischen Umgebung und ihrem religiösen Weltbild. Zudem mag eine gewisse Naivität sie darin bestärkt haben, diese Herkunft nie und nimmer in Frage zu stellen. In jüdischen Familien gibt es in der Regel keinen Weihnachtsbaum, doch Mohrle erhält zu Weihnachten neben kleinen Geschenken immer auch ein Tannengebinde. Und zu Ostern bekommt sie, wie es in Bayern Brauch ist, natürlich Ostereier.

Die Wohnung in der Isabellastraße ist ausgestattet mit einem geräumigen Maler-Atelier, drei Zimmern sowie Küche und Bad und, wie in bürgerlichen Kreisen üblich, einer Mädchenkammer. Darin hat gerade ein Kleiderschrank, ein Bett und eine kleine Kommode Platz. „Mir war diese kümmerliche Installation peinlich; so wie es mir auch peinlich war, wenn Mohrle zu den Mahlzeiten mit einem Teller an den Esstisch kam, sich ihre Portion holte, um dann in der Küche zu essen. Aber damals war es allgemein so üblich. Meine Mutter kannte es von Polen her nicht anders. Auch Mohrle nahm es als selbstverständlich hin. Mich störte dieser Mangel an Gleichberechtigung und ich versuchte, ihn durch besondere Zuneigung auszugleichen."

Die Kriegsereignisse nehmen selbst innerhalb des kindlichen Erlebniskreises einen immer größeren Stellenwert ein. Die anfängliche Hurra-Begeisterung weicht bekümmerten Mienen, die heimkehrenden Verwundeten und die Gefallenenmeldungen machen überdeutlich, was Krieg bedeutet. Zwischen dem 21. Februar und dem 16. Dezember 1916 tobte bei Verdun eine der brutalsten Schlachten des Ersten Weltkriegs. Die Folge: über 700.000 Tote und Verletzte auf beiden Seiten.
Marylka erinnert sich, dass ihr auf der Straße immer wieder kriegsversehrte Soldaten begegnet sind, einarmige Männer, Männer mit Krücken. Durch sie wurden die fernen Kriegsgemetzel in Münchens Straßen spürbar und sichtbar. „Es gab auch Fliegeralarm, der uns zusammen mit allen anderen Mitbewohnern in den Keller trieb. Mangels Erfahrung in dieser Art der Kriegsführung wurde das aber nicht allzu ernst genommen, man machte noch Witze und schloss Kellerbekanntschaften."
Die Versorgungslage spitzt sich zu. Nicht einmal Wolle gibt

es mehr zu kaufen. Zu Hause stricken die Frauen aus aufgetrennten alten Wolljacken Socken für die Soldaten im Feld. Schließlich müssen alle Nahrungsmittel rationiert werden. Der Schwarzhandel blüht. Mohrle fährt immer öfter aufs Land, um die Familie zu versorgen und auch Stanislas Bender betätigt sich intensiv als Hamsterer. „Mein Vater charmierte ein paar Verkäuferinnen eines Süßwarengeschäftes – merkwürdigerweise gab es noch solche Läden –, um einige Tafeln Schokolade zu ergattern. Leider war es bittere Schokolade und die mochte ich nicht."

„Meine Kuscheltiere waren aus Blech."

Und weit draußen, irgendwo in der Ferne nimmt der Krieg an Brutalität zu, unaufhaltsam zieht er ganze Völker in den Abgrund. Dabei hätte doch das persönliche Elend, dem eh niemand ausweichen kann, schon gereicht. 1918 verdichten sich die Unwetterwolken auch über der Familie Bender. Die ersten Blitze schlagen ein: Die Schwester der Haushälterin stirbt an der Schwindsucht und die Namen ihrer beiden Brüder stehen auf den Gefallenenlisten. Marylka wird niemals vergessen können, wie Mohrle bei dieser Nachricht laut schluchzend am Bettrand in ihrer Kammer kauerte. „Ich hatte bis dahin nicht gewusst, dass man so weinen kann."
Trotzdem, es gibt auch freudige Botschaften. Im letzten Kriegsjahr kündigt sich Familienzuwachs an. Jadwiga Ben-

der erwartet ein Baby. Endlich! Marylka wünscht sich schon lange Geschwister oder wenigstens ein Haustier, aber Tiere wollen die Eltern nicht in der Wohnung haben. „Nein, nicht einmal Plüschtiere. Ich weiß nicht, meine Eltern hatten dafür keinen Sinn. Ich habe Spielsachen gekriegt, nicht übermäßig viel. Aber das waren alles Sachen aus Blech. Also man hatte nicht so das Kuscheltier, in das man als Kind sein Gefühl investieren kann. Das hatte ich nie. Das ist mir eigentlich abgegangen, aber das ist mir erst viel später zu Bewusstsein gekommen."

Endlich ist das Sterben auf den Schlachtfeldern vorbei. Die Soldaten kehren krank und ausgehungert heim. Der Anblick von Arm- und Beinamputierten wird etwas Selbstverständliches im Straßenbild. Wie ein höhnisches Echo wehen ein paar pathetische Satzfetzen des deutschen Kaisers durch Europa: „Mitten im Frieden überfällt uns der Feind. Darum auf zu den Waffen. Jedes Schwanken [...] wäre Verrat am Vaterlande [...] Noch nie war Deutschland überwunden, wenn es einig war. Vorwärts mit Gott!" Politische Konsequenz ist der Zerfall des Habsburger Reiches und Mitteleuropas.

Der bayerische König Ludwig III. wird zum Rücktritt gezwungen. Der Münchner Arbeiter- und Soldatenrat wählt den Pazifisten Kurt Eisner (USPD) zum ersten Ministerpräsidenten der neuen bayerischen Republik.

In einem Aufruf „An die Bevölkerung Münchens" in den „Münchner Neuesten Nachrichten" vom 8. November 1918 verkündet er: „Die Dynastie Wittelsbach ist abgesetzt! Bayern ist fortan ein Freistaat."

Dem bayerischen Ministerpräsidenten bleiben bis zu seiner Ermordung nur etwa 100 Tage Zeit. Trotzdem stellt er staatspolitisch und verfassungsrechtlich die Weichen für ein modernes Bayern. Unter seinem Einfluss läuft der Übergang von der Monarchie zur Demokratie in München in geordneten Verhältnissen ab. Er setzt zudem soziale und gesellschaftliche Veränderungen zugunsten der bis dahin eher benachteiligten Bevölkerungsschichten durch, wie etwa die Einführung des Achtstundentages, des Frauenwahlrechts oder die Abschaffung der kirchlichen Schulaufsicht. Gleichzeitig beginnt die konservative nationalistische Bayerische Volkspartei (BVP) zusammen mit rechtsnationalistischen Kreisen eine auf die Person Kurt Eisners ausgerichtete antisemitische Diffamierungskampagne gegen die „jüdisch-bolschewistische" Revolution in der Hauptstadt.
Am 21. Februar 1919 wird Kurt Eisner in der Promenadestraße (heute Kardinal-Faulhaber-Straße) von Anton Graf von Arco auf Valley aus unmittelbarer Nähe mit zwei Schüssen in Rücken und Kopf erschossen. Aus der Befürchtung heraus, rechtsextreme Kreise könnten einen Putschversuch wagen, ruft die USPD in München den Generalstreik aus. Bürgerliche Zeitungen werden verboten und ihre Redaktionen besetzt. Am 7. April 1919 wird die Münchner Räterepublik ausgerufen. Ihr gehören unter anderem Gustav Landauer, Erich Mühsam und der Nachfolger Eisners im Vorsitz der USPD, Ernst Toller, an. Auf den Straßen tobt die Revolution. Straßenkämpfe flammen auf.

„Der Bahnverkehr stockte. Streiks tobten, die Geschäftswelt war in tausend Ängsten, vor den Brotläden stauten sich lange Reihen..., die ganze Maschinerie des täglichen Getriebes schien aus den Fugen, und ein ungeheurer Druck lag über der Stadt. Selbst der Unbeteiligte spürte den Schrecken des herannahenden Hungers.“ [2)]

Oskar Maria Graf

Die Exilregierung Hoffmann ruft in Bamberg dazu auf, die Räte-Regierung zu kippen: „Bayern! Landsleute! In München rast der russische Terror, entfesselt von landfremden Elementen. Ihr Männer der bayerischen Berge, des bayerischen Hochlands, des bayerischen Waldes, erhebt euch wie ein Mann, sammelt euch womöglich mit Waffen und Ausrüstung in euren Gemeinden und wählt eure Führer… Ein grüner Buschen am Hute und die weißblaue Binde am Arm sei Euer Erkennungszeichen. München ruft um Hilfe! Auf! Tretet an! Sofort!“

Innerhalb weniger Tage schlagen die rund 35.000 Kämpfer der „weißen“ Armee die Räterepublik nieder. Mehrere tausend Münchner werden misshandelt, verhaftet oder bei „Säuberungsaktionen“ ermordet. In geheimer Selbstjustiz beschließen vaterländische Organisationen, vermeintliche Verräter zu töten. Unter den Opfern sind auch konservative Politiker wie der Minister Matthias Erzberger von der „Katholischen Zentrumspartei“.

„Sie sind alle Hunde gewesen wie ich, haben ihr Leben lang kuschen und sich ducken müssen, und jetzt, weil sie beißen wollten, schlägt man sie tot. Wir sind Gefangene!"
„Und ich? Weshalb war ich frei? Nein! Tausendmal nein! Hatte ich wenigstens etwas gewonnen? Hatte ich wem genützt durch mein Tun? Wirkte ich als irgendein Beispiel? Nein! Tausendmal nein! Also wieder nur die Leere. Also wieder nur das plumpe Ich." [3)]

Oskar Maria Graf

In München beginnt nach der Revolution in den zwanziger Jahren, begünstigt durch die antikommunistische und antisemitische Stimmungslage in der Öffentlichkeit, auch der politische Aufstieg Adolf Hitlers und seiner NSDAP.

Das Kind Marylka nimmt von den Unruhen nur am Rande etwas wahr. „Nur was man so auf der Straße aus der Ferne mitbekommen hat, wenn man da halt so ging, hat es auf einmal irgendwo Bumm gemacht und Aufruhr war zu hören. Dann ist man schnell heimgegangen, aber sonst … Angst in der reinen Form hat man als Kind eigentlich nicht. Wenn's einen nicht persönlich berührt, da mischt sich's mit Sensation, mit Neugier. Gut, man hält sich fest am Papa, aber man fühlt sich nicht persönlich bedroht."
Aber viel schlimmer: Einige Tage vor dem Mord an Kurt Eisner trifft die Familie Bender ein schwerer Schicksalsschlag. Vier Wochen vor ihrem 34. Geburtstag stirbt Marylkas Mutter Jadwiga Bender an der Spanischen Grippe.

„Da war ich neun Jahre alt. Es war ein starker Einschnitt für mich. Ein bisschen gemildert wurde das Ereignis, weil ich sehr an meinem Vater hing, fast mehr als an meiner Mutter. Außerdem hatten wir ja Mohrle, die Haushälterin. Ich hatte sie gern. Und die hat dann das Regime übernommen hier in München, in Schwabing, in der Isabellastraße", erzählt Marylka Bender.

Die Spanische Grippe

In den Vereinigten Staaten beginnt sich eine Epedemie auszubreiten. Amerikanische Soldaten bringen den Erreger nach Europa mit. In Deutschland und anderen kriegsführenden Staaten wird die Grippe häufig Kriegsseuche genannt. Sie ist aber auch in neutralen Staaten verbreitet. Der Ausdruck Spanische Grippe bürgert sich für die grassierende Grippewelle ein, weil am Ende des Ersten Weltkriegs zunächst nur spanische Zeitungen ausführlich und unzensiert über die Krankheit berichten können. Zwischen 1918 und 1920 fallen ihr weltweit mindestens 25 Millionen Menschen zum Opfer. So kostet die Pandemie wesentlich mehr Opfer als Soldaten im Ersten Weltkrieg gefallen sind. Anders als bei den bis dahin üblichen Grippeausprägungen, die vor allem für Kinder und ältere Menschen gefährlich sind, werden von der Spanischen Grippe vor allem Menschen zwischen 20 und 40 Jahren dahingerafft. In Bayern sterben in den Jah-

ren 1918/19 ungefähr 30.000 Menschen. Allein in der ersten Dezemberwoche 1918 gibt es in München rund hundert Grippeopfer zu beklagen.

„Wir waren damals, es war um Weihnachten 1918, alle gleichzeitig krank: meine Eltern, Mohrle und ich. Eine Krankenschwester pflegte und betreute uns. Mit Ausnahme meiner Mutter erholten wir uns ziemlich rasch." Jadwiga Bender, bereits im fünften Monat schwanger, ist offensichtlich geschwächt, hat nicht genug Abwehrkräfte und verstirbt am 2. Januar 1919 in einem Münchner Krankenhaus.

„Mich hatte man schon, ehe sie ins Krankenhaus kam, bei einer befreundeten Familie untergebracht, wo man versuchte, mich mit Erzählungen und Damespiel zu zerstreuen; ich war neun Jahre alt und stand bedrückt und verschüchtert herum, bis mein Vater mich wieder heim holte. Dass sie gestorben war, wurde mir nicht gesagt, sondern nur, sie sei verreist. Zwar ahnte ich wohl die Wahrheit, aber während

einiger Zeit blieb mir doch die Vorstellung, sie käme wieder, obwohl ich es nicht wirklich glaubte."
Der Vater versucht, bei seiner Tochter einen Schock zu vermeiden. Marylka soll sich langsam an die Abwesenheit der Mutter gewöhnen. Allmählich begreift sie die Wahrheit und fühlt sich schuldig am Tod der Mutter. „Meinem damaligen Alter entsprechend las ich nämlich gerne Märchen. Es waren die klassischen Märchen jener Zeit: Brüder Grimm, Andersen u. a., in denen oft von einer ‚bösen Stiefmutter' die Rede war. In meiner Fantasie wurden diese Geschichten äußerst lebendig. Sie beunruhigten mich und ich lag meiner Mutter mit meinen Ängsten vor den bösen Stiefmüttern in den Ohren. Sie fertigte mich mit einem kurzen ‚Lass mich in Ruhe' ab."

Am Tatort des Eisner-Attentats erinnert seit 1989 eine in das Trottoir eingelassene Reliefplatte an den Mord. Kurt Eisner war unter großer Anteilnahme der Bevölkerung am 26. November 1919 auf dem Münchner Ostfriedhof beigesetzt worden. Auf Anordnung der Nazis brachte man seine Urne 1933 auf den Neuen jüdischen Friedhof an der Alten Heide und legte sein Grab mit dem Gustav Landauers zusammen, der einige Wochen nach Eisner von Freikorpssoldaten ermordet worden war. Hundert Meter entfernt, das Grab von Marylkas Mutter Jadwiga Bender.

Wie mag das für Marylka gewesen sein, als sie in die Wohnung zurückkam, mit der Gewissheit, dass die Mutter nie wieder zurückkehren würde… Augen, die nichts anderes sehen als hohe Räume, Zimmer, die im Unüberschaubaren enden, die Wände so weit auseinander, dass einem die Füße wehtun vom Hin-und-her-Gehen in der Wohnung. Der arme Kopf, die vielen Gedankenschritte.

Nach unserem ersten Gespräch brachte Marylka Bender einige ihrer Erinnerungen zu Papier. In diesen Aufzeichnungen überschneidet sich ihr damaliges Fühlen mit ihrem späteren Denken. Ihre Mutter glaubte, die Fähigkeit für *Ahnungen* zu besitzen. Sie war dem Kind damit vermutlich ein bisschen unheimlich. Marylka befürchtet, mit ihren Stiefmutter-Ängsten an die geheimnisvollen Ahnungen der Mutter gerührt und damit ihren Tod bewirkt zu haben.

„Unsere Wohnung lag ja im vierten Stock und ich erinnere mich deutlich, oft das gegenüberliegende Hausdach jenseits der Straße betrachtet und mir vorgestellt zu haben, dass, wenn es mir gelänge, auf einer dünnen Seidenschnur von meinem Fenster aus da hinüber zu gehen, meine Mutter wieder lebendig würde. Das ganze Geschehen erlebte ich mehr unheimlich als traurig und es hinderte mich nicht, mich durchaus über ein neues, schwarzes Kleidchen zu freuen, das ich für das Todesjahr bekam. Von Freunden meiner Eltern wurde ich oft gefragt, wen ich lieber hätte, Mama oder Papa? Und verlegen antwortet ich immer: Beide. Das war wohl nicht die ganze Wahrheit. Papa stand mir näher. Er war beweglicher, heiterer, eleganter und konnte besser mit mir spielen.“

Mit der Mutter scheint Marylka auch die polnische Sprache zu verlassen. Ein Stück frühkindlicher Identität, das abdriftet ins Unbewusste. Manchmal, wie zufällig, etwa im Gespräch mit ihrer polnischen Putzfrau heute in München, tauchen noch Wortbrocken der frühen Muttersprache auf wie treibende Eisschollen in der Strömung des Zeit-Flusses. Wie sollte ein Kind in dieser Situation noch Fröhlichkeit entfalten können? Wie sollte es ihm gelingen zu vermeiden, dass es innerlich versteinert? Kinder haben in solchen Situationen oft unglaubliche Kräfte. Sie verdrängen, gestalten um, machen mehr als andere aus den wenigen Möglichkeiten, die sie zur Verfügung haben. Wie gut, dass es da auch noch Mohrle gibt. Sie ist zwar intellektuell nicht auf der gleichen Ebene wie der Vater und wie es die Mutter gewesen ist, aber ihre Fürsorge und ihr Einfühlungsvermögen machen sie zum guten Geist des Hauses. Mohrle muss ihre Mahlzeiten jetzt nicht mehr allein in der Küche einnehmen. Das gemeinsame Essen von Vater, Tochter und Mohrle ist eine der ersten Aktionen, die Marylka im Rahmen des Zusammenlebens beschließt. Mohrle gehört von nun an zur Familie wie eine allseits beliebte Tante und wird auch von allen Freunden des Hauses in dieser Form angenommen. Und sie meistert ihre neue Position mit Geschick, gutem Organisationsvermögen und viel persönlichem Taktgefühl.
„Natürlich tauchten um meinen Vater herum verschiedene Frauen auf, doch es blieb bei unverbindlichen Freundschaften, geheiratet hat er nicht mehr."

Dezember 1920: *Gründung der Wochenzeitung „Völkischer Beobachter".*
24. Juni 1922: *Reichsaußenminister Walther Rathenau wird von Nationalsozialisten ermordet.*
1. August 1922: *Erste Sportreportage im Rundfunk: Ein Autorennen in Brooksland (USA).*
11. August 1922: *Reichspräsident Friedrich Ebert erklärt „das Lied der Deutschen" zur Nationalhymne des Deutschen Reiches.*
8. Februar 1923: *Der „Völkischer Beobachter" erscheint als Tageszeitung.*
9. November 1923: *Hitlerputsch – Sturm auf die Münchner Feldherrnhalle; erster Versuch Hitlers, die Macht zu erlangen. Dabei werden 16 Putschisten, vier Polizisten und ein Passant getötet.*

In der Volksschule läuft bei Marylka alles hervorragend. Sie ist eine Einserschülerin, die den Rückstand eines Kindes mit Polnisch als Muttersprache schnell aufholt hat. Nach der vierten Klasse besteht sie die Aufnahmeprüfung fürs Lyzeum in der Luisenstraße, eine Schule, die es heute noch gibt. Sie hat auch schnell ein paar Lieblingsfächer. „Zeichnen natürlich, und Französisch hatte ich auch gerne. Mathematik sicher nicht und Handarbeiten auch nicht und Turnen auch nicht, da war ich ganz schlecht …".

Das Reklamebüro des Vaters floriert. Sein Name ist bereits in ganz Deutschland ein Begriff. Aber die Preise steigen ständig, steigen Ende 1923 sogar täglich, ja stündlich. Durch die

Geldentwertung müssen vorrangig die abhängig Beschäftigten und die reinen Geldvermögensbesitzer alle wirtschaftlichen und sozialen Lasten des verlorenen Krieges tragen. Marylka Bender: „Auch mir erschien damals der Erwerb von drei Bleistiften als Vorsorge und sichernder Vorrat durchaus nützlich."

Die galoppierende Inflation
Den rasanten Höhepunkt erreicht die Inflation 1923. Im Januar 1922 kostete zum Beispiel das Briefporto zwei Reichsmark, im Oktober sechs Reichsmark, im Januar 1923 bereits 50, im November 100.000.000 und wenige Tage später 10.000.000.000 Reichsmark – das entsprach nach der Währungsreform im Dezember 1923 einem Reichspfennig …
Die Nationalsozialisten bedrucken amtlich noch gültige, aber im Grunde wertlose Geldscheine auf der Rückseite mit antijüdischen Karikaturen, um zu zeigen, wen sie für die wirtschaftliche Katastrophe verantwortlich machen.

„Gewünscht hab ich mir nur das, was mein Vater wollte."

Im Gymnasium erreicht sie insgesamt gute Ergebnisse und würde nach dem sechsten Schuljahr gern noch weitere drei Jahre in diese Schule gehen, um mit dem Abitur abzuschließen. Ihr Vater ist dagegen. Stanislas Bender drängt zum Leid-

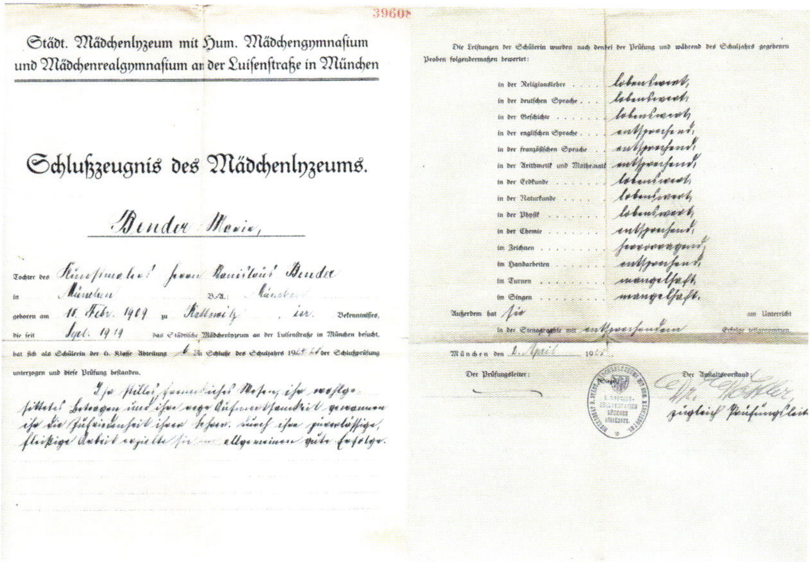
39608

Städt. Mädchenlyzeum mit Hum. Mädchengymnasium und Mädchenrealgymnasium an der Luisenstraße in München

Schlußzeugnis des Mädchenlyzeums.

Bender Marie,

Tochter des Kunstmalers [illegible] Bender
in München B.A.: München
geboren am 10. Febr. 1909 zu Kattowitz, isr. Bekenntnisses,
die seit Sept. 1919 das Städtische Mädchenlyzeum an der Luisenstraße in München besucht, hat sich als Schülerin der 6. Klasse Abteilung [illegible] am Schlusse des Schuljahrs 1924/25 der Schlußprüfung unterzogen und diese Prüfung bestanden.

Ihr stilles, freundliches Wesen, ihr wohlgesittetes Betragen und ihre rege Aufmerksamkeit gewannen ihr die Zufriedenheit ihrer Lehrer. Durch ihre zuverlässige, fleißige Arbeit erzielte sie im allgemeinen gute Erfolge.

Die Leistungen der Schülerin wurden nach den bei der Prüfung und während des Schuljahrs gegebenen Proben folgendermaßen bewertet:

in der Religionslehre	lobenswert,
in der deutschen Sprache	lobenswert,
in der Geschichte	lobenswert,
in der englischen Sprache	entsprechend,
in der französischen Sprache	entsprechend,
in der Arithmetik und Mathematik	entsprechend,
in der Erdkunde	lobenswert,
in der Naturkunde	lobenswert,
in der Physik	lobenswert,
in der Chemie	entsprechend,
im Zeichnen	hervorragend,
im Handarbeiten	entsprechend,
im Turnen	mangelhaft,
im Singen	mangelhaft.

Außerdem hat sie am Unterricht in der Stenographie mit entsprechendem Erfolge teilgenommen.

München den 1. April 1925

Der Prüfungsleiter:

Siegel

Der Anstaltsvorstand:
[illegible]
zugleich Prüfungsleiter

wesen seiner Tochter und zur Verwunderung des Schuldirektors auf ihre baldige Ausbildung im Zeichnen und Malen. „Ach ja, er dachte, das sind weitere drei Jahre und das war ihm nicht bequem. Und ich sollte mit ihm zusammenarbeiten in seinem Reklame-Atelier. Also, kurz und gut, er nahm mich aus dem Lyzeum, um drei Jahre Schulzeit zu sparen."

Dieses Ereignis bedrückt Marylka sehr. Sie ist sich sicher: Die Mutter hätte das nicht getan. Gegen ihren Vater kommt sie einfach nicht an. Wie denn auch? Wie soll man sich gegen so einen liebenswürdigen, fürsorglichen Vater auflehnen. Verwandte und Freunde haben ihm mehr als einmal nahegelegt, seine Tochter nicht so zu verzärteln.

Und sie? Sie mag ihn doch viel zu sehr. Auch wenn es ihr ab

und zu peinlich ist, von ihm in aller Öffentlichkeit so umsorgt zu werden.

Von nun an gibt Stanislas Bender seiner Tochter Zeichenunterricht, in der Hoffnung, dass sie später einmal in seinem Atelier mit ihm zusammenarbeiten kann.

Marylka steht vollkommen unter dem Einfluss ihres Vaters und würde niemals an der Richtigkeit seiner Entschlüsse zweifeln – auch wenn sie sie nicht unbedingt begeistern.

„Ein Aufbegehren wäre mir nie in den Sinn gekommen. Mein Vater war bereits in seiner Familie das Nesthäkchen."

In seiner Erziehungsweise orientiert er sich ganz nach dem Vorbild seiner Schwester in Polen, die noch um zehn Jahre älter ist als er. „Und dann hat er sich eben als Modell, wie man ein Mädchen erzieht, seine Schwestern genommen.

Nun waren sie erstens viel älter, zweitens in einem Milieu – dieses polnisch-jüdische Milieu war nicht gerade die Haute Volée und schon gar nicht intellektuell schwabingerisch."
Auf diese Weise gerät die Erziehung Marylkas auf eine schon damals völlig veraltete Bahn.

Ganz offensichtlich hat Marylka von ihrem Vater zwar das Talent zum Zeichnen, nicht aber die Durchsetzungskraft geerbt. Dennoch, sie zeichnet weiterhin leidenschaftlich gern und interessiert sich jetzt vor allem für Mode und fürs Modezeichnen. Und wieder der Zwiespalt. „Er war ein sehr guter Lehrer und ein guter Maler! Aber ..."

Wie darf man sich das vorstellen, wenn einem der Vater Zeichenunterricht gibt? Steht man da in der Früh auf und geht ins Atelier wie in die Schule? Was erwartet denn der Vater von seiner Tochter? Muss er Druck ausüben, damit sie sich nicht drückt? Woher kommt der Fleiß und die Begeisterung für einen achtstündigen Arbeitstag?

„Nein, nicht acht Stunden am Tag. Am Nachmittag halt, da haben wir ein Modell gehabt oder manchmal auch keins, Zeichenunterricht, mit einer Freundin übrigens, die sehr begabt war. Dass ich male, das war für meinen Vater selbstverständlich. Es gibt nichts Besseres und Schöneres als Malen, das war seine Ansicht. Und wie man dazu begabt ist, das war eine andere Sache. Nun, ich war dazu begabt, das stimmt schon, aber ich wurde da halt eingefädelt, in diese Reklameabteilung."

„Ich war schrecklich brav, viel zu brav."

Anders als ihr weltgewandter Vater ist Marylka unheimlich still und schüchtern. Er und auch die Lehrer haben keine Probleme mit ihr. „Nein, ich war schrecklich brav, viel zu brav. Das ist aber nicht meine Sicht, sondern auch die Sicht der Bekannten meiner Eltern. Also, die Freunde, die haben oft zu mir gesagt: ‚Jetzt stell doch endlich einmal was an! Ein guter Freund von meinem Vater, der kam relativ oft. Ich mochte ihn gerne, aber da war ich so gehemmt, ich war nicht fähig, auch nur einen Satz zu sagen. Auch wenn er mich was gefragt hat. Ich war wahnsinnig schüchtern. Ich hab einfach nichts gesagt, ich war einfach zu schüchtern."

Der Tanzkurs im Jahr 1924 offenbart zusätzlich die gesellschaftliche Enge dieser Zeit. Marylka darf als einziges Tanzkursmädchen ihre sechzehnjährigen Tanzstundenpartner nicht duzen. „Es war schrecklich. Das war nicht so wie heute, wo die Mädchen tanzen gehen, sondern man wurde hinbegleitet. Die Mütter saßen da auf den Stühlen …", erzählt sie und scheint sich noch heute zu genieren.

Wie war denn das? Die Mutter lebt nicht mehr und die Haushälterin ist im Grunde nur ein Kind, ein großes Bauernkind. Und der Vater ist in dieser Situation ziemlich hilflos. Wenn er niemanden findet, der sie begleiten könnte, geht er einfach selbst mit. Dann sitzt er als einziger, noch dazu sehr gut aussehender Mann unter all den Müttern der anderen jungen Mädchen und erregt jene mitleidige Verwunderung, die dann auch seiner Tochter zuteil wird, ein fescher aber trauriger Gockel unter all diesen Müttern. So gerät die junge Frau ins Abseits und das Erwachsenwerden wird für sie „zu einer bedrückenden Angelegenheit".

Marylka Bender hat nur komische Erinnerungen an ihre Tanzstunden. „Mein Kavalier, sozusagen also, den ich auserkoren hatte, war himmellang und sehr dünn und groß. Ich war stark kurzsichtig, wollte aber keine Brille tragen beim Tanzen. Dann kam Damenwahl und ich konnte das Gesicht nicht erkennen und hab halt gedacht, der Größte ist es schon und bin dann losgegangen auf den zu. Das war aber dann nicht der meine, sondern da war noch ein anderer, der auch so groß war. Der hat sich sehr gewundert über diese Dame, die ihn wählt, und mein Kavalier war todbeleidigt und todunglücklich und seine Mutter hat ihn auch in Schutz genommen und war auch sehr beleidigt. Ich hatte also alle Mühe zu erklären, was da passiert war. Ich muss dazu sagen, diesen Kavalier mochte ich eigentlich gar nicht, der hat mir gar net g'fallen. Aber der andere hätt mir aa net g'fallen."

Die Zwanziger Jahre
Der Antisemitismus nimmt zu

Unter den Mitschülerinnen beginnt sich in dieser Zeit eine antisemitische Atmosphäre auszubreiten. Die Anfeindungen gegen die jüdischen Mädchen nehmen während der letzten Schuljahre von Marylka Bender im Gymnasium ein beängstigendes Ausmaß an. Nicht, dass sie beschimpft werden würde auf dem Schulweg oder in der Pause, nein, das nicht. Manche der bis dahin „besten Freundinnen“ gehen ihr aus dem Weg. „Ich war ja nicht mehr so klein, dass der Vater gesagt hätte, mit der spielst du nicht. Sie haben sich zurückgezogen, man wurde halt nicht eingeladen. Spöttische Bemerkungen: Das ist eine Jüdin. Ganz allmählich ging das, aber es war deutlich spürbar. Da haben ihnen auf einmal meine Hände nicht gefallen oder irgend sowas. Die fünf jüdischen Mädchen in unserer Klasse von beinahe 30 Schülerinnen schlossen sich zwangsläufig enger zusammen, eine Spaltung wurde fühlbar.“ Das Verhalten ihrer Lehrer empfindet Marylka Bender als korrekt oder zumindest als neutral.

„Allerdings später, also nicht in den zwanziger Jahren, Anfang der dreißiger Jahre, da hat's mein Vater auch sehr zu spüren bekommen. Er war, wie gesagt, einer der bekanntesten Reklamekünstler, aber da haben sich dann manche Firmen zurückgezogen. Da hat er eben keine Aufträge mehr bekommen.“

Mitte der zwanziger Jahre gehen in Deutschland täglich etwa zwei Millionen Menschen in die Kinos. Die Wohlhabenderen besuchen die Opernhäuser, die Theater oder vergnügen sich in den zahlreichen Revuen der Großstädte. Das Radio beginnt, Sportgroßveranstaltungen und Konzerte zu übertragen, und wird damit in wenigen Jahren ein Massenpublikum erreichen. Zusammen mit den Schallplatten verbreitet der Rundfunk in steter Folge neue Schlager und Tänze wie etwa den Charleston. Wichtigste Informationsquellen im Deutschen Reich sind die rund 3.400 Tageszeitungen. Daneben bekommen Zeitschriften und Illustrierte mit zahlreichen Bildreportagen immer mehr Bedeutung. Der Hunger der Augen, das Bedürfnis nach visueller Erfahrung wird darüber hinaus von der Werbung befriedigt, die mit Leuchtreklamen und Werbefilmen, mit großformatigen Plakaten und Anzeigen die Kommerzialisierung in den zwanziger Jahren etabliert.

Bei einem großen Teil der Bevölkerung verfehlen die andauernden antisemitischen Hetzkampagnen der einschlägigen Presse ihre Wirkung nicht. Ihre Sprache wird immer unverschämter, die Karikaturen und Zerrbilder von Juden immer aggressiver. Noch versucht eine Elite von Intellektuellen und Künstlern, sich diesen Angriffen zu widersetzen. „Noch sah man sich als freier Bürger, aber die Stimmung war wie die vor einem heraufziehenden Gewitter", erinnert sich Marylka Bender, „schwarze Wolken mit scharfen, stechenden Sonnenstrahlen dazwischen und noch weit entferntem Donnergrollen."

21. Januar 1924: *Tod von Wladimir Iljitsch Lenin, dem Generalsekretär der Kommunistischen Partei der Sowjetunion. Beginn der politischen Karriere Stalins.*
1. April 1924: *Hitler-Prozess – Mindeststrafe für Adolf Hitler: Fünf Jahre Festungshaft und eine Geldbuße von 200 Goldmark.*

12. Oktober 1924: *Hugo Eckener startet in Friedrichshafen einen der ersten Nonstopflüge über den Atlantik. Landung in Lakehurst am 15. Oktober 1924. Eckener wird zum Volkshelden.*
20. Dezember 1924: *Hitler wird wegen „guter Führung" auf Bewährung aus der Haft entlassen.*
18. Juli 1925: *Adolf Hitler veröffentlicht sein Buch „Mein Kampf".*
November 1925: *„Berliner Illustrierte" veröffentlicht als erste deutsche Zeitung ein Kreuzworträtsel.*
10. Dezember 1926: *Der deutsche Außenminister Gustav Stresemann erhält gemeinsam mit seinem französischen Amtskollegen Aristide Briand den Friedensnobelpreis.*

Marylka Benders künstlerische Ausbildung hat im Grunde lange vor dem offiziellen Zeichenunterricht begonnen. Schon dem Kind hat der Vater ab und zu ein Stillleben zusammengestellt, „eine Puppe und ich weiß nicht was, und das sollte ich abmalen. Das hab ich auch gemacht. Das Bild hing lang in meinem Kinderzimmer. So kam man halt allmählich hinein. Und später dann die Zeichenschulen in München." Marylkas berufliche Tätigkeit beginnt nun damit, dass sie Glückwunschpostkarten entwirft, sie malend ausführt und an entsprechende Verlage in Deutschland, Belgien und in später in Frankreich verkauft. Sie hat Erfolg. Die Karten gehen gut.

Nebenbei nimmt sie im Odeon[4] bei einem

Professor Klavierstunden. Seit dieser Zeit zählen Scarlatti und Schubert zu ihren Lieblingskomponisten.
Parallel mit dem Hineinwachsen Marylka Benders in die Erwachsenenwelt entsteht in der Stadt München so etwas wie weltstädtisches Flair. Eine gewisse Gelassenheit macht sich breit in München, die Gelassenheit einer Metropole. Es herrscht gelöste Aufbruchsstimmung. Thomas Mann, damals noch Münchner Bürger, hielt diese Aufbruchsstimmung fest in seinem Text „München leuchtete".

Über den festlichen Plätzen und weißen Säulentempeln, den antikisierenden Monumenten und Barockkirchen, den springenden Brunnen, Palästen und Gartenanlagen der Residenz spannte sich strahlend ein Himmel von blauer Seide, und ihre breiten und lichten, umgrünten und wohlberechneten Perspektiven lagen in dem Sonnendunst eines ersten, schönen Junitages. [...] Viele Fenster stehen geöffnet, und aus vielen klingt Musik auf die Straßen hinaus, Übungen auf dem Klavier, der Geige oder dem Violoncell, redliche und wohlgemeinte dilettantische Bemühungen. Im ‚Odeon' aber wird, wie man vernimmt, an mehreren Flügeln ernstlich studiert."[5]

Thomas Mann

Man fragt sich, von welchen Sehnsüchten eine junge Frau in dieser Zeit getrieben wird. Marylka Bender zuckt die Achseln. „Gewünscht hab ich mir eigentlich gar nix - naja", meint Marylka Bender nach einer Gedankenpause einschränkend, „gewünscht hab ich mir immer nur das, was mein Vater wollte. Ja, es ist wahr. Ich war viel zu eng mit

ihm verbunden. Er hatte eine große Ausstrahlung, an Zärtlichkeit, an Liebenswürdigkeit hat er mehr als die Mutter ersetzt und es war zu viel des Guten, es war wirklich schön und gut, aber es war schädlich letzten Endes."

***12. März 1930:** Mahatma Gandhi führt den „Salzmarsch" gegen das britische Salzmonopol an, ruft zu einem „Feldzug der Gehorsamkeitsverweigerung" auf, um Indien von der britischen Kolonialherrschaft zu befreien.*
***5. Dezember 1930:** Premiere des Antikriegsfilmes „Im Westen nichts Neues" nach Erich Maria Remarques gleichnamigem Roman.*
***18. März 1931:** Der erste Elektrorasierer kommt auf den Markt.*
***25. Februar 1932:** Adolf Hitler erlangt die deutsche Staatsbürgerschaft.*

1932, etwa ein Jahr vor der Machtergreifung der Nazis, reist Marylka Bender mit ihrer Freundin Brundhild nach Paris: Marylka zum Studium an der *Academie des Beaux Arts*, die Freundin zum Studium an der Bibliotheque Nationale. „Das ging sehr gut und das war eigentlich die glücklichste Zeit meines Lebens, weil ich frei war, und das war wunderbar", sagt sie heute.
Sie braucht Luft. Die Nestwärme zu Hause vor dem Hintergrund des drohenden Nazi-Terrors beginnt sie förmlich zu ersticken. Marylka hat zu dieser Zeit „das Gefühl, in einen warmen feuchten Sumpf hinabgezogen zu werden."

Am Beginn der dreißiger Jahre drei Monate Frankreich „Ein wunderschönes Märchen"

Jetzt kommt sie zum ersten Mal fort von daheim, in ein freies Land, ohne diese mehr oder weniger bedrückende Fürsorge und ohne sich zu einer andauernden Rücksichtnahme ihrem Vater gegenüber verpflichtet zu sehen. Endlich kann sie sich erwachsen fühlen. Sie lebt auf, begegnet jungen Menschen, flirtet, genießt eine Freiheit, die sie bis dahin nicht gekannt hat. Dieses Glück der Freiheit, „das Vergnügen", wie sie es nennt, dauert drei Monate. Dann holt der sie Vater ab und sie reisen zusammen zur Sommerfrische in die Bretagne. „Auch das war noch eine wunderschöne Zeit", erinnert sie sich, „die bretonische Landschaft, das Meer, die geduckten,

weißen Häuschen unter riesigen Hortensien- und Mimosensträuchern vergraben, die schwarzen Silhouetten der bäuerlichen Tracht auf schmalen Feldwegen zwischen den Felsen, die bretonische Sprache … Aber ich war halt schon wieder eingespannt, eingeengt."

Daheim umfängt sie die Bedrückung noch mehr, schnell ist es wieder da, dieses Gefühl, sich durch einen Sumpf zu bewegen – warm und bedrohlich zugleich. Sich gegen Ungerechtigkeit wehren ist leichter, viel leichter, als liebevolle Rücksichtnahme abzuwehren.

„Ohne Begeisterung malte ich Entwürfe für verschiedene Verlage, hatte Aufträge, musizierte in einem Studententrio – ich spielte recht ordentlich Klavier – verliebte mich schließlich fast aus Langeweile, aber alles unter dem immer lauter werdenden Grollen des herannahenden Gewitters."

Im Nachhinein kann es einem vorkommen, diese Reise sei unbewusst bereits ein Sich-Anfreunden mit der Emigration gewesen, das Einüben einer fremden Situation.

Als 1933 die Nazis an die Macht kommen, ist es Vater und Tochter jedenfalls längst klar, dass sie nicht in Deutschland bleiben können.

5. März 1933: *Reichstagswahlen: NSDAP 43,9 %, SPD 18,3 %, KPD 12,3 %, Zentrumspartei 11,2 %, DNVP 8 %*
1. April 1933: *Nationalsozialisten organisieren den Boykott jüdischer Geschäfte, Anwaltskanzleien und Arztpraxen.*
2. Mai 1933: *Verbot der Gewerkschaften in Deutschland.*
10. Mai 1933: *Bücherverbrennung auf dem Königsplatz. Der Rundfunk berichtet live.*
17. Oktober 1933: *Albert Einstein trifft als Flüchtling aus Deutschland in den USA ein.*

Was für eine Zeit… So viel läuft ständig gleichzeitig ab. Einer weiß nicht, dass es den anderen gibt: Bereits im Februar 1933 verlässt der Schriftsteller Oskar Maria Graf München zu einer Vortragreise nach Wien. Er wird nach dem Krieg nur noch zu kurzen Besuchen nach Deutschland zurückkehren. Seine Frau wartet seinerzeit noch die Reichstagswahl von 1933 ab. Sie will im März unbedingt noch gegen Hitler stimmen. Am 10. Mai verbrennen die Nazis auch auf dem Königsplatz in München die Bücher Andersdenkender. In Wien erfährt Oskar Maria Graf, dass die Werke vieler seiner Freunde auf dem Scheiterhaufen gelandet sind und dass man seine Bücher verschont hat. Er wehrt sich dagegen in einem offenen Brief mit dem Titel „Verbrennt mich", der von vielen Zeitungen und Zeitschriften in der ganzen Welt veröffentlicht wird.

[...] die Vertreter dieses barbarischen Nationalismus, der mit Deutschsein nichts, aber auch schon gar nichts zu tun hat, unterstehen sich, mich als einen ihrer „Geistigen“ zu beanspruchen, mich auf ihre sogenannte weiße Liste zu setzen, die vor dem Weltgewissen nur eine schwarze Liste sein kann! Diese Unehre habe ich nicht verdient!
Nach meinem ganzen Leben und nach meinem ganzen Schreiben habe ich das Recht, zu verlangen, dass meine Bücher der reinen Flamme des Scheiterhaufens überantwortet werden und nicht in die blutigen Hände und die verdorbenen Hirne der braunen Mordbanden gelangen!
Verbrennt die Werke des deutschen Geistes! Er selber wird unauslöschlich sein, wie eure Schmach!

Legitimiert durch die Reichstagswahl vom März 1933 haben die Nazis nun die Staatsgeschäfte übernommen. Ihre Reaktion auf den Brief Oskar Maria Grafs ist, dass die Münchner Studenten im Beisein der Professorenschaft seine Bücher extra verbrennen. Der Schriftsteller wird „aus dem Deutschen Reich ausgebürgert“ und lebt 25 Jahre lang als Staatenloser. Erst im März 1958 erhält er die Staatsbürgerschaft der USA.

„Die Atmosphäre im Umgang der Menschen miteinander, die noch in Deutschland waren, verschlechterte sich mehr und mehr. Soweit sie sich in der Lage dazu sahen, begannen die Juden auszuwandern; zuerst die Kulturträger und Freiberufler, dann auch die Kaufleute.“ Marylka Bender Kellerer denkt mit Grauen an diese Zeit. „Tagtäglich verfinsterte sich der Himmel mehr. Jahrelang bestehende geschäftliche wie private Beziehungen wurden abgebrochen, die Aufträge meines Vaters schrumpften merklich, das Verhalten und die Sprache der ‚Braunen' wurden immer provokanter und beleidigender. Man hörte munkeln von der Existenz eines Konzentrationslagers in Dachau, wagte nicht mehr in jüdischen Geschäften zu kaufen."

Also reisen sie mit den Fingern zunächst über die Europakarte, dann über die Weltkarte. Wo kann man hin? Dahin? Oder dahin? Es kamen nicht besonders viele Möglichkeiten in Frage. Für Amerika brauchte man einen Bürgen – aber dort kannten sie niemanden, der dafür in Frage gekommen wäre. „Die Schweiz kam mangels genügender finanzieller Mittel gar nicht erst in Frage." Stanislas und Marylka Bender waren naiv genug gewesen zu glauben, dass auch Wien oder Prag für sie eine Fluchtmöglichkeit böte …

Ausgerechnet jetzt verliebt sich Marylka. Ein halbes Jahr vor dem Erlass der deutschen Rassengesetze lernt sie ihren späteren Ehemann Christian kennen, einen hundertprozentigen Arier aus altbayerischer Familie. Er ist so alt wie Marylka und als Sohn eines Staatsanwaltes und einer Malerin ebenfalls in München aufgewachsen. Hier hat er auch sein Studium absolviert. Das Interesse des Ingenieurs und Philosophen Christian Kellerer gilt neben der Technik der Psychologie, auf der er sein Weltbild einer „Erkenntniskritischen Relativitätspsychologie" aufbaut. Unter dem Titel: „Die grenzenlose Wirklichkeit" soll diese umfassende Arbeit als Dissertations- und Habilitationsschrift dienen. Doch ihre Fertigstellung gerät zwischen die Mühlsteine des Nationalsozialismus, sie ist inhaltlich mit dessen Ideologie einfach nicht vereinbar. Kellerers gesamte Arbeitsunterlagen werden beschlagnahmt und er selbst als Ingenieur dienstverpflichtet. Eine seiner Grundthesen ist die vom Menschen als Zweiweltentier.

„Der Mensch als eine Tierart unter anderen, die jedoch durch ihre Fähigkeit, abstrakt zu denken und Begriffe zu bilden, in zwei Welten lebt, nämlich in der Welt der Wahrnehmung, die sie mit anderen Tieren teilt, und in der Welt der Begriffe, zu der allein der Mensch fähig ist."

Christian Kellerer

Marylka Kellerer habe Christian bei einem Sprachkurs kennengelernt, berichtet sie, „da war ich von meinem ersten Aufenthalt in Paris zurückgekehrt. Voller Begeisterung für Frankreich und die Sprache und alles. Und dann bin ich hier gleich in einen Französisch-Sprachkurs gegangen um das zu erhalten, was ich dort gelernt hab. Und in diesem Sprachkurs war mein späterer Mann auch als Schüler. Kurs ist zu viel gesagt: Da war eine ältere Dame, Französin, die hat halt ein paar Unterrichtsstunden gegeben. Wir waren drei Schüler. Da war Christian, noch eine Schülerin, eine mittelalterliche, und ich."

Aber die beiden bleiben nicht lange Französisch-Schüler, denn Marylka und Christian gehen lieber spazieren. Sie treffen sie sich immer wieder diskret in einiger Entfernung von Marylkas Wohnung. „Unser Zusammentreffen war wie ein übler Scherz des Schicksals", sagt sie, schaut in die Ferne und schüttelt den Kopf, als staune sie noch heute darüber. Allerdings lassen sich junge Leute von solchen „Schicksals-Scherzen" nicht ohne weiteres abschrecken. So treffen sie sich weiterhin heimlich und machen Ausflüge, fahren in einem kleinen, klapprigen Auto aufs Land hinaus.

Man fragt sich unwillkürlich, ob sie denn die Plakate nicht wahrgenommen haben, die überall angeschlagen waren? In verschiedenen Größen hängen sie auch in den meisten Gasthäusern: „Hier sind Juden unerwünscht". Wie ist Marylka nur damit zurechtgekommen?

Sie zuckt mit den Schultern und meint lapidar: „Die Intensität des beiderseitigen Interesses ließ mich die beleidigenden Transparente verdrängen, die in riesigen Buchstaben an allen Ortseinfahrten quer über die Landstraßen hingen. Wir hatten unser Picknick dabei und aßen es an irgendwelchen Waldrändern." Dann hält sie kurz inne und fügt hinzu: „Ich übersah die beleidigende Kränkung so gut es ging, aber sie blieb natürlich haften und lag schwer wie Blei auf meinem Gemüt. Auch war die Situation für uns beide ausgesprochen gefährlich. Rassenschande war ein Vergehen, dem zum Mindesten Konzentrationslager drohte."

***15. September 1935:** Die Nürnberger Gesetze*

Reichsbürgergesetz

§ 2.1: „Reichsbürger ist nur der Staatsangehörige deutschen oder artverwandten Blutes, der durch sein Verhalten beweist, daß er gewillt ist, in Treue dem Deutschen Volk und Reich zu dienen."

Gesetz zum Schutze des deutschen Blutes und der deutschen Ehre

Durchdrungen von der Erkenntnis, daß die Reinheit des deutschen Blutes die Voraussetzung für den Fortbestand des deutschen Volkes ist, und beseelt von dem unbeugsamen Willen, die deutsche Nation für alle Zukunft zu sichern, hat der Reichstag einstimmig das folgende Gesetz beschlossen, das hiermit verkündet wird.

§ 1.1. Eheschließungen zwischen Juden und Staatsangehörigen deutschen oder artverwandten Blutes sind verboten. Trotzdem geschlossene Ehen sind nichtig, auch wenn sie zur Umgehung dieses Gesetzes im Auslande geschlossen sind.

§ 2. Außerehelicher Verkehr zwischen Juden und Staatsangehörigen deutschen oder artverwandten Blutes ist verboten.

14. November 1935: ***Erste Verordnung zum Reichsbürgergesetz:***

§ 3. Nur der Reichsbürger kann als Träger der vollen politischen Rechte das Stimmrecht in politischen Angelegenheiten ausüben und ein öffentliches Amt bekleiden.

§ 4.1. Ein Jude kann nicht Reichsbürger sein. Ihm steht ein Stimmrecht in politischen Angelegenheiten nicht zu; er kann ein öffentliches Amt nicht bekleiden.

4. Oktober 1936: *Der Übertritt von Juden zum Christentum hat keine Bedeutung für die Rassenfrage.*

5. Oktober 1936: *Die Reisepässe deutscher Juden werden ungültig. Auslandspässe erhielten ihre Gültigkeit zurück, nachdem sie mit einem „J“ versehen worden waren.*

24. November 1938: *„Juden sind verpflichtet, die zusätzlichen Vornamen ‚Israel' oder ‚Sara' vom 1.1.39 ab zu führen."*

3. Dezember 1938: *Die Führerscheine und Kraftwagenzulassungsbescheinigungen der Juden werden für ungültig erklärt und ihre Ablieferung angeordnet.*

25. September 1939: *Es ist Juden verboten, ihre Wohnungen nach 8 Uhr abends zu verlassen.*

Oktober 1939: *„Alle Juden, die irgendeiner Anweisung nicht sofort nachkommen oder ein staatsabträgliches Verhalten zeigen, sind sofort zu verhaften und in ein Konzentrationslager zu schaffen."*

4. März 1941: *Arbeitseinsatz von Juden: „Um Berührungen mit der Bevölkerung auf ein Mindestmaß zu beschränken, sind die jüdischen Arbeitskräfte in Lagern unterzubringen."*

1. September 1941: *Polizeiverordnung zur Kennzeichnung der Juden: „Ab 15.9.41 ist es Juden, die das sechste Lebensjahr vollendet haben, verboten, sich in der Öffentlichkeit ohne einen Judenstern zu zeigen. Juden ist es verboten, ohne schriftliche, polizeiliche Erlaubnis ihre Wohngemeinde zu verlassen und Orden, Ehrenzeichen oder sonstige Abzeichen zu tragen."*

23. Oktober 1941: *„Geheim! Die Auswanderung von Juden aus Deutschland ist ausnahmslos für die Dauer des Krieges verboten."*

Anfang November 1942: *„Alle im Reich gelegenen Konzentrationslager sind judenfrei zu machen, und sämtliche Juden sind nach Auschwitz und Lublin zu deportieren."*

Die Situation der beiden verschärft sich mit der Einführung der Rassengesetze. Es wird gefährlich für die Liebenden. Doch sie setzen ihre Kontakte vorsichtig, immer vorsichtiger, fort.

Noch schieben Vater und Tochter die endgültige Entscheidung, nach Frankreich auszuwandern, vor sich her. Vorsichtshalber erwirkt Stanislas Bender rechtzeitig eine Aufenthaltserlaubnis für sie beide in Frankreich. Dabei helfen ihnen ihre ausländischen Pässe, denn sie sind ja immer noch polnische Staatsbürger. Und bis zum Kriegsausbruch ist Polen für die Franzosen noch „normales" Ausland, dessen Bürger korrekt zu behandeln waren.

Weitere Gesetze werden erlassen, die Juden nicht mehr erlauben, ihren Besitz mitzunehmen. Und eine Einwanderung in andere Länder ist ohne finanziellen Rückhalt praktisch unmöglich. Überall werden Nachweise der Existenzmöglichkeit oder Bürgschaften verlangt.

„Trotzdem saßen wir weiterhin tagelang über die Landkarte gebeugt auf der Suche nach Fluchtmöglichkeiten. Mangels jeder anderen Beziehung blieb aber Frankreich das Land unserer Wahl, trotz seiner gefährlichen Grenznähe zu Deutschland."

6. Februar 1936: *Eröffnung der Olympischen Winterspiele in Garmisch-Partenkirchen.*

2. Mai 1936: *Das musikalische Märchen „Peter und der Wolf" wird uraufgeführt.*

19. Juni 1936: *Der deutsche Boxer Max Schmeling besiegt Joe Louis nach 12 Runden mit K.O.*

30. Juni 1936: *Margaret Mitchells Roman „Vom Winde verweht" erscheint.*

11. Mai 1936: *Die Reichsbahn stellt mit einer Dampflok der Baureihe 05 einen Geschwindigkeitsweltrekord von 200,4 km/h auf.*

1. August 1936: *Eröffnung der Olympischen Sommerspiele in Berlin.*

13. August 1936: *Legion Condor – verdeckter Einsatz von Soldaten der Deutschen Wehrmacht ohne deutsche Uniformen oder Hoheitszeichen im Spanischen Bürgerkrieg auf Seiten Francos.*

1. September 1939 bis 8. Mai 1945: *Zweiter Weltkrieg*

Olympiade hin, Olympiade her. Vater und Tochter Bender wissen, es ist höchste Zeit zu emigrieren. Die Entscheidung fällt auf Frankreich. Sie ergibt sich schließlich daraus, dass Marylkas Vater schon zwei Jahre in Paris gewesen ist, er kennt die Stadt. Die beiden haben zwar noch keine Bekannten unter den Franzosen, doch einige deutsche Freunde, deutsche Juden, sind bereits Jahre vorher nach Frankreich gegangen und sind für Marylka und ihren Vater der Anlaufpunkt. Bei denen können sie vorübergehend wohnen. Sie beginnen den Haushalt aufzulösen und über Mailand nach Frankreich zu transportieren. Das erregt keinen Verdacht, denn Italien ist für Deutschland faschistisches Freundesland. Aus Italien wiederum lässt sich der Hausstand problemlos nach Frankreich überführen. Den Italienern ist ziemlich egal, dass da irgendwelche Polen nach Frankreich übersiedeln. Marylka pendelt in dieser Zeit zwischen München und Paris hin und her. „Dieses Pendeln hatte sowohl administrative, als private Gründe. Administrativ durfte ich mit meiner neu erworbenen Aufenthaltserlaubnis in Paris nicht länger als zwei Monate von Frankreich abwesend sein."

Die Lage „daheim in München" wird 1937 unhaltbar. Marylka fährt endgültig nach Paris. Ihr Vater kommt gleich darauf nach. Wie schon einmal verlassen sie endgültig ihr Zuhause und wechseln in eine andere Welt. 1914 ist es ein freiwilliger Wechsel von Polen nach München gewesen. Dieses Mal ist es eine Flucht, bei der es um Leben und Tod geht. Sie müssen fort.

In Paris dürfen sie aufatmen. Sie mieten eine Atelierwohnung und richten sie mit dem mitgebrachten Hausrat ein. Mohrle erledigt daheim die restliche Wohnungsauflösung.

Der berufliche Einstieg in Frankreich verläuft für Stanislas Bender und seine Tochter erstaunlich gut. Im Rahmen eines Wettbewerbs entsteht ein Prospektentwurf zur Pariser Weltausstellung 1937. „Da er immerhin gedruckt wurde, ist anzunehmen, dass er in die engere Wahl kam", erzählt Marylka Bender. Dennoch erhalten sie den endgültigen Auftrag nicht und damit auch keinerlei Honorar. Ums tägliche Brot brauchen sie sich trotzdem keine Sorgen mehr zu machen. „Mein Vater hat die Entwürfe gemacht und ich hab die Pausen gemacht und die Technik. Das ging ganz gut. Naja, da war ich von meinem Vater her verwöhnt, der hatte viele Aufträge und da war ich sozusagen seine Hilfe.“

Die Weltausstellung bietet eine gute Möglichkeit für Marylkas Liebsten, nach Paris zu reisen. „Noch war ja kein Krieg und das herannahende Gewitter war in Frankreich nicht so fühlbar. Wir verbrachten ein paar Wochen im südlichen Badeort Aix-les-Bains und hofften auf ein Wunder.“ Doch schließlich bricht das Unwetter los – zuerst in Polen und dann nur wenig später in Frankreich. Man schreibt das Jahr 1939. Marylka Bender feiert ihren dreißigsten Geburtstag.

Jetzt, da ich das schreibe, denke ich an meine beiden Söhne und vergleiche… Sie haben gerade ihren dreißigsten Geburtstag hinter sich. Martin ist 1978 zur Welt gekommen. Andreas ist 1980 geboren. Als ich 1981 dreißig geworden bin, war Martin drei und Andreas ein Jahr alt. Zahlenspiele. Zugwaggons, in denen wir sitzen oder die wir an uns vorbeifahren sehen.

Ein weiterer Gedanke stellt sich quer: Jeder schleppt seine Lebenszeit herum wie einen Rucksack. Was wir nicht alles hineinpacken ohne zu überlegen, ob wir es *er*-tragen. Schlimm genug, dass uns oft genug Gepäck einfach aufgeladen wird, ob wir wollen oder nicht. Wer fragt schon danach, ob wir es tragen können. Ein Gedanke ergibt sich aus dem anderen. Nachts oder vielleicht in den Ferien legst du deinen Rucksack ab und schwebst eine Zeit lang, eine Zeit, die du mit allen anderen Menschen teilst, wie der Fisch das Meer mit anderen Fischen teilt. Jäger, Mörder, Räuber friedlich neben ihren Opfern. Aber wehe, wenn es Tag wird.

14. Juni 1940:
Der Einmarsch in Paris [6]

Nach dem Durchbruch durch die französische Verteidigungslinie entlang von Somme und Aisne erreichten starke Panzerverbände der deutschen Heeresgruppe B drei Tage nach Beginn der Schlacht um Frankreich am 8. Juni 1940 die untere Seine bei Rouen. Gleichzeitig stieß die Heeresgruppe A in Richtung Marne-Linie vor. Vor den unmittelbar auf Paris anrückenden deutschen Truppen zog sich die französische Regierung über Tours nach Bordeaux zurück. Auch Tausende Einwohner flüchteten aus der Metropole.

Auf Paris wurde die deutsche 18. Armee unter Generaloberst Georg von Küchler angesetzt. Nachdem sich das Armeeoberkommando 18 durch einen Unterhändler die Räumung der Stadt durch die französische 7. Armee hatte zusichern lassen, zogen die Wehrmachtsverbände am 14. Juni kampflos in das menschenleer wirkende Paris ein. Mit der Einnahme der gegnerischen Hauptstadt waren keine strategischen Ziele verbunden. Die Wehrmacht demonstrierte den sich abzeichnenden militärischen Triumph des Deutschen Reichs über Frankreich an symbolträchtigem Ort: Am Arc de Triomphe nahmen Küchler und der Oberbefehlshaber der Heeresgruppe B, Generaloberst Fedor von Bock, den Vorbeimarsch der 18. Armee ab. Allerdings fiel die Parade bescheidener aus, als sich dies Adolf Hitler wegen des außenpolitischen Prestiges wünschte. Soldaten und Panzerverbände wurden bis zur französischen Kapitulation noch immer auf dem Kriegsschauplatz benötigt.

Was die kaiserliche deutsche Armee in verlustreichen Schlachten des Ersten Weltkrieges vergeblich versucht hatte, gelang der Wehrmacht in knapp einem Monat. Kaum ein deutscher Soldat in Paris wollte es sich nehmen lassen, sich vor dem Eiffelturm, dem Wahrzeichen der Stadt, fotografieren zu lassen. Paris übte auch wegen der vielen Amüsiermöglichkeiten große Anziehungskraft auf deutsche Soldaten aus. Die Militärbehörden reglementierten den Besuch von Wehrmachtsangehörigen in der Stadt in den folgenden Monaten streng.

Es bleiben Vater und Tochter leider nicht einmal drei Jahre, sich in Paris einzurichten und geschäftlich zu etablieren. Die Deutsche Wehrmacht fällt in Holland, Belgien und Frankreich ein. Im Juni 1940 besetzen die Nazis die französische Hauptstadt. General Pétain zieht sich nach Vichy zurück. Er ruft ein neutrales Frankreich aus und lehnt beim Treffen mit Hitler in Montoire am 24. Oktober 1940 eine Kriegsbeteiligung Frankreichs an der Seite des Deutschen Reiches ab. Die Zusammenarbeit, die so genannte Kollaboration mit den Deutschen hält er allerdings für notwendig, um die Versorgung der Bevölkerung sicherzustellen und die personelle und industrielle Ausbeutung des Landes in Grenzen zu halten. Auch ist es ihm wichtig, die Rückführung der etwa zwei Millionen französischen Soldaten aus deutscher Kriegsgefangenschaft zu erreichen. Die Folge: Es bleibt ihm nichts anderes übrig, als nach Hitlers Pfeife zu tanzen.
Pétain ist überzeugt, dass die innere Zerrissenheit des Landes und der Verfall traditioneller Werte wesentlich zur militärischen Niederlage beigetragen haben. Aus diesem Grund will er das französische Volk in einer „nationalen Revolution“ zu neuer Einheit führen. Die an allen öffentlichen Gebäuden befindliche Parole „Liberté, Égalité, Fraternité“ lässt er durch den Wahlspruch „Travail, Famille, Patrie“ (Arbeit, Familie, Vaterland) ersetzen.

Jedenfalls ist das Frankreich südlich der Loire noch frei; also drängen alle, die irgendwie beweglich sind, von Norden Richtung Süden. Eine gespenstische Situation – bei allen Geschäften sind die Rollläden heruntergelassen worden. „Alles, was Räder hatte, war unterwegs: Lastwagen, Leichenwagen, Schubkarren, Fahrräder und natürlich Autos, Autos, Autos, holländische, belgische, nordfranzösische, alle vollgepackt mit Koffern, Säcken, Hausrat bis zum Vogelkäfig auf dem Dach."

Marylka und ihr Vater hätten ja die Möglichkeit gehabt, sich noch rechtzeitig mit der Bahn auf den Weg in den Süden aufzumachen. Aber wie es so oft geschieht in unübersichtlichen, stressigen Situationen, wird zu allem Überfluss eine Pariser Freundin der Benders vor Aufregung krank. Und sie ist allein, denn ihr Mann ist beim Militär. „Das war fürchterlich, also wir konnten nicht weg, man kann doch die Frau nicht alleine krank sein lassen. Wir mussten warten, bis sie einigermaßen erholt war, und das war dann der allerletzte Tag und dann ist mein Vater noch losgerannt, irgendwo ein Auto aufzutreiben. Wir hatten ja keins. Und dann sind wir in eine Garage, in eine finstere Garage. Und im letzten Eck hinten stand noch ein Karren und den hat mein Vater dann unbesehen und unerprobt gekauft …"

Dann fahren sie also zusammen mit besagter Freundin, deren Tochter und zwei Hausnachbarn los, eingereiht in den grauen Strom aller Flüchtlinge. „Und nach acht Kilometern, genau acht Kilometern, ist der Karren stehen geblieben und hat genug gehabt. Und hinter uns alles, Autos, Autos, Autos …"

Vater und Tochter haben Glück. Ein belgischer Lastwagenfahrer begreift die Situation und nimmt ihren Wagen in Schlepptau. „Unterwegs waren die Bewohner der kleinen Ortschaften und Dörfer ausnahmslos äußerst nett und hilfsbereit." Sie dürfen im Heu schlafen. Man kann die Dankbarkeit heute noch ablesen von Marylka Benders Gesicht, während sie erzählt. Überhaupt sind ihr das Ganze und die Details in den Geschichten, die sie aus ihrem Leben herausgreift, auf schier unheimliche Weise präsent. „Die Landschaft war herrlich. Wären nicht andauernd Flugzeuge über unseren Köpfen gekreist, hätte es sogar eine genussvolle Fahrt sein können. Einmal allerdings gerieten wir in eine ungemütliche Situation. Der Lastwagen, als dessen Anhängsel wir mitfuhren, hatte kein festes Dach, nur eine Plane. Wir wussten, dass sich auch eine junge Frau mit ihrem Baby an Bord befand. Da es sehr windig und regnerisch war, boten wir ihr an, das Baby in unseren Wagen zu nehmen, was dankend angenommen wurde." Nach einigen Kilometern Fahrt löst sich das Tau, das die beiden Autos miteinander verbindet. Der Wagen der Benders bleibt stehen und der andere fährt davon. Zum Glück schlägt die Mutter nach wenigen Kilometern Alarm. Der Lastwagen kommt zurück und die Glückliche kann ihr Baby wieder in die Arme nehmen. Wohin sie aber nun kommen würden, ist ihnen lange nicht klar. Das ist ein Lotteriespiel. Und es hängt vom Ziel des Lastwagenfahrers ab, der sie abschleppt. Zunächst ist es ja auch egal. Nur weg, nichts wie weg, weit weg von den Deutschen.

„Auf diese Weise sind wir nach Lourdes gekommen. Wir hatten keine Ahnung, wo wir hinwollen. Wir wollten nur weg. Und der musste irgendwohin in die Pyrenäen. Da sind wir halt mitgefahren. Und so sind wir nach Lourdes geraten, wir haben's aber nicht bereut."

Abgesehen von den kirchlichen Einrichtungen und religiösen Kultstätten besteht die Stadt Lourdes fast ausschließlich aus mittelmäßigen Hotels und kleinen Andenkenläden, die man hier schmunzelnd „Bon-Dieuserien" nennt. In normalen Zeiten lebt die Bevölkerung von den Pilgerzügen, die fast ununterbrochen in Lourdes mit lautem Gesang ankommen und abreisen. Die Melodie „Ave, Ave, Ave Maria" gehört als ständiger Hintergrund zu Lourdes wie seine Berge.

„Damals waren die Hotels alle geschlossen, soweit sie sich nicht, neben einigen wenigen Privathäusern, für die Flüchtlinge aus dem Norden zur Verfügung stellten. Wir kamen in einer hübschen Privatvilla unter, zusammen mit unseren Freunden, und hier begann also für uns ein neues Dasein. Trotz der belastenden allgemeinen Situation war es durchaus angenehm. Zwar gab es außer Kastanien und Nüssen kaum etwas zu essen, manchmal schwamm eine einsame Karotte in der Wassersuppe und wir wurden alle sehr schnell modisch schlank. Die Transporte quer durchs Land waren alle eingestellt worden. Jedes Departement war auf seine eigenen Erzeugnisse angewiesen und so kam es, dass es in manchen Gegenden Eier, Milch und Käse gab, während z. B. die Côte d'Azur nur ihre Blumen und Parfums zu bieten hatte. Unsere bergigen Pyrenäen waren arm. Nur eben Heilige, Kastanien und Nüsse wuchsen dort von allein," schreibt Marylka Bender-Kellerer später in einer biografischen Skizze.

In Lourdes können sie zwei Jahre lang Unterschlupf finden. Marylka Bender macht sich wieder allein auf den Weg und unternimmt große Spaziergänge um die Stadt herum durch die herbe, karge Landschaft. „Die Basilique, ein Bau jenseits von gut und böse, ebenso wie die berühmte Grotte, in der Bernadette ihre Jungfrau erblickte, lag still und verlassen da: keine Pilger, keine Umzüge, kein Gesang, nur große Ruhe. Lediglich an Sonntagen erwachten sie für kurze Zeit, wenn die Honoratioren des Städtchens kamen, um der Messe dort anstatt in der städtischen Pfarrkirche beizuwohnen. Für mich war das alles Neuland und beeindruckte mich tief. Eine gefühlsgeladene, weihevolle Stimmung lag in der Luft und, durch die eigene besondere Lebenssituation vielleicht besonders empfänglich, drang sie tief in mich ein. Schon seit langem dachte ich, falls ich einmal ein Kind hätte, dieses nicht als Jude aufzuziehen. Nicht etwa aus religiösen Gründen, die jüdische Religion war für mich immer genau so ehrenwert wie jede andere. Für mich waren sie alle als moralische Sittenwächter gedacht, um ein Zusammenleben einer menschlichen Herde überhaupt zu ermöglichen. So wie das Gefühl der Liebe zur Förderung des Fortpflanzungstriebes dient, so soll nach meinem Verständnis die Vorstellung eines obersten Gottes – gleich welchen Namen er trägt – als moralische Leitlinie das Zusammenleben der Menschen gewährleisten. Nun ist aber im allgemeinen Verständnis das Judentum eng mit einem Volkstum verbunden, das es seit tausenden von Jahren geografisch gar nicht mehr gibt. (Das jetzige „Israel“ ist übergestülpt über ein anderes Volk und damit ein höchst fragiles Gebilde). Ein Volk, das kein Land hat, wird nicht als gleichwertig empfunden und je nach den eigenen Bedürfnissen herumgestoßen, verachtet, am liebsten, wenn möglich, vernichtet. Es war mir klar, dass ein Kind, dessen Mutter vom Judentum zu einer anderen abendländischen Religion übergetreten ist, deswegen noch lange nicht von deren Mitgliedern als gleichberechtigt angesehen wird und dass es mindestens noch zwei Generationen braucht, um seine Herkunft in etwa zu vergessen. Auch wusste ich natürlich, dass mein Übertritt in der gegenwärtigen Situation für mich selbst nichts mehr bewirken würde. Aber einmal sollte, wenn auch nur in einem Einzelfall, ein Anfang gemacht werden und mein zufälliger Aufenthalt in Lourdes schien mir geradezu ein Fingerzeig dazu.“

Marylka Bender nimmt Kontakt mit dem Stadtpfarrer auf, einem einheimischen Bauernsohn, einfach, freundlich, unkompliziert, der sie zu einigen Klosterschwestern aus einem sehr vornehmen, relativ freien Orden schickt. Sie erklärt ihnen ihren Standpunkt, der ohne Beanstandungen akzeptiert wird und dem im darauf folgenden Unterricht auch Rechnung getragen wird. „Die Schwestern waren hochgebildete, vermutlich zum großen Teil adelige Damen, mit denen zu arbeiten für mich ein Vergnügen war. Sie versahen mich mit Büchern; zum ersten Mal las ich – mit Interesse – das ganze Alte und Neue Testament. Und der Charme des südlichen Ortes, die kultivierten Schwestern und die unbefangene Natürlichkeit des Pfarrers taten das Übrige, um mich gänzlich einzunehmen. Ich glaube, in meiner damaligen Gemütsverfassung wäre ich gar nicht ganz abgeneigt gewesen, selbst in ein Kloster einzutreten! Ich fand Nachahmer in meinem Vater und in unseren Freunden, deren Sohn, der als Kind unbedingt Rabbiner hatte werden wollen, schon lange vor dem Krieg als Seminarist den Weg eines katholischen Priesters eingeschlagen hatte. Wir wurden bald mit einigen Familien des Ortes bekannt, zum Teil waren wir sogar befreundet und hätten uns wohl fühlen können, wenn nicht dauernd das Nazi-Schwert über uns gebaumelt hätte."

Der Krieg aber geht weiter. Die Deutschen weiten ihren Machtbereich nach Süden aus. In den Wäldern spielt sich zusätzlich ein interner, heftiger Kampf ab zwischen der „resistance" und den „collaborateurs", beides französische Gruppen, die sich gegenseitig bekämpften. Und eines Tages ist ganz Frankreich, auch südlich der Loire, von deutschen Truppen besetzt.

Haben sie bereits die Flucht nach Lourdes als Weg in die Enge empfinden müssen, so soll es nun noch schlimmer kommen. Es entsteht eine existenzielle Enge und Ausweglosigkeit. Die Wände rücken von allen Seiten näher. Und jeden Augenblick droht sich der Boden zu öffnen unter den Füßen.

Wieder muss Marylka auf ihren Namen verzichten. Dabei muss sie gleichzeitig noch froh sein, dass es nicht noch schlimmer kommt. Lassen wir sie die Geschichte mit eigenen Worten erzählen:
„Also eines Tages stand ein französischer Schutzmann in der Früh um sechs Uhr in der Tür, um mich zu verhaften. Es blieb mir nichts anderes übrig, als mich anzuziehen und mitzugehen. Ich hatte noch einen Moment lang die Idee, ich könnte durch das Klofenster abhauen, aber dazu hatte ich nicht den Mumm. Also bin ich brav mitgezottelt. Mein Vater hat geweint, der Schutzmann hat geweint und wir sind auf einem Lastwagen ins Kommissariat gebracht worden und sozusagen abgestellt, weil nämlich die Behörden einen Auftrag hatten, alle Juden aus der Umgebung zusammenzufangen, also nicht nur aus Lourdes, sondern aus der ganzen Region. Und das dauerte natürlich. So saßen wir auf dem Kommissariat und haben gewartet. Ich erinnere mich noch deutlich an eine einfache Frau mit ihren beiden Kindern, ein etwa 14-jähriges Mädchen und ihren kleinen Bruder von sieben Jahren, außerdem an einen jungen Mann, einen Rabbinerstudenten. Er hatte versucht, zu Fuß über die Berge nach Spanien zu flüchten, aber die Berge waren zu hoch – er wurde festgenommen. Die Frau schleppte einen großen Sack weißer Bohnen mit sich, als „Proviant". Der Sack

öffnete sich und ergoss die Bohnen über den Fußboden, während die Frau versuchte, sich aus dem Fenster zu stürzen, aber vom Polizisten zurückgehalten wurde. Das junge Mädchen klammerte sich sogleich an mich, aber natürlich konnte ich weder für sie noch für mich selbst irgendetwas tun. Schließlich wurden wir, wieder mit dem Camion, zum Bahnhof gefahren. Im Bahnhof stand der Zug bereit, wir wurden hineinverfrachtet. Aber noch fuhr dieser Zug nicht ab. Sie warteten auf irgendwas. Ein französischer Kommissar war da beauftragt, das zu organisieren, und er rannte dauernd hin und her, Zug auf, Zug ab. Er sah gar nicht böse aus und war es auch nicht, wie sich später zeigte. Zu meinem Glück musste der Zug noch einige Stunden warten auf das Eintreffen weiterer Gefangener. Diese Zeit des Wartens wog zentnerschwer. Keiner sprach ein Wort. Der junge Geistliche las in einer Ecke versunken in einem Gebetbuch.

Und mein Vater ist sofort losgerannt, also zunächst zum Bischof. Er kannte den Bischof. Wissen Sie, in diesem kleinen Ort war man in den Schichten miteinander bekannt geworden, in denen man gelebt hat. Da kannte er den Bischof und so ein paar Honoratioren. Und der Bischof hat ihm, ich hab sie noch aufgehoben, ein paar Zeilen mitgegeben an den Präfekten. Der Präfekt wohnte aber nicht in Lourdes, sondern in der nächstgrößeren Stadt. Mein Vater raste also mit dem Auto nach Tardes und wurde unterwegs noch aufgehalten durch eine Kolonne deutscher Soldaten, die da durchmarschierten, und der zitterte für jede Minute. Er wusste ja nicht, wann der Zug losfährt. Also der Präfekt hat ihm auch ein paar Zeilen mitgegeben und dann kam er zurück nach Lourdes und, Gott sei Dank, der Zug stand immer noch da. Und dann hat er dem Kommissar diese Schriebe gegeben. Der war glücklich, dass er ein offizielles Papier hatte, dass er sagen konnte, ja, das ist ein Irrtum und ich bin also wieder rausgefischt worden aus dem Zug und kam nach Hause …" Niemand sonst aus diesem Zug kehrte zurück.

Ich steige in den Zug nach München und freue mich auf ein weiteres Gespräch mit Marylka Bender. Ich bin einer der ersten Fahrgäste und suche mir einen Fensterplatz. Es ist ein sonniger Frühlingstag. Auf dem Bahnsteig gegenüber fährt gerade ein Zug ab, dahinter auf dem übernächsten Bahnsteig fährt einer ein. Es sind noch zehn Minuten bis zur Abfahrt. Züge kommen und fahren wieder ab, ich beginne ihre Waggons zu zählen. Erste Klasse, zweite Klasse, Gesellschaftswagen … Die Geschichte von Marylkas Verhaftung und die Wartezeit im Deportationszug geht mir immer noch durch den Kopf. Das Leben – ein Zug. Jeder Waggon ein Jahrzehnt des Lebens. Es gibt keine Rückfahrkarte. Vielleicht ab und zu Aufenthalte. Einsteigen. Aussteigen. Warten. Kontrolle. Und so schieben sich die Leben der verschiedensten Menschen mit den unterschiedlichsten Lebensaltern aneinander vorbei. Kinder, Eltern, Großeltern …

Fürs erste sind Marylka und ihr Vater gerettet. Nur, wie soll es jetzt weitergehen? „Zu Hause schlafen konnte ich erst einmal nicht mehr. Dann hab ich eine Woche lang jede Nacht

bei anderen Leuten geschlafen, die ich kannte. Die waren alle sehr nett und hilfsbereit. Die Flüchtlinge aus dem Norden bekamen von der Stadtverwaltung ein Stückchen Land, um Gemüse anzubauen. „Das bekamen wir auch – man hat immer Chancen gehabt. Ich bin das Beispiel dafür."
Das kleine Stück Land, welches Vater und Tochter zugewiesen worden ist, liegt an der Straße zum Bahnhof. In einem kleinen Häuschen gegenüber wohnt ein pensionierter Bahnbeamter mit seiner Frau. „Und der war so nett; immer, wenn er mich heimkehren sah, kam er mit dem Veilchensträußchen an und hatte schon unsere Kartoffeln gegossen und was da sonst noch wuchs und war ganz glücklich und stolz." Das Ehepaar hat keine Kinder. Und obwohl es gefährlich ist, hat es den Mut, Marylka und ihren Vater aufzunehmen. „Zu Essen gab's in Lourdes ja nichts. Er hat einen großen Sack Kastanien organisiert. Kastanien waren das einzige, was dort wuchs. Seine Frau hat sie gekocht. Und abends saßen wir um den Tisch. Vorhänge zu natürlich. Am Fenster vorbei sind wir immer unten am Boden entlang gekrochen, um nicht von außen gesehen zu werden. Und da haben wir so getan, als wären wir vergnügt."
Eine Französin, auch Flüchtling aus Paris, mit der sich Marylka angefreundet hat, ist die einzige Person, die von ihrem Aufenthalt weiß und gelegentlich als Bote mit der Außenwelt für Vater und Tochter tätig wird.

Nach ein paar Wochen gelingt es ihnen, sich falsche Papiere zu besorgen. Der Sohn ihrer Freundin, ein Priester, der sich noch in Ausbildung befindet, ist in einem belgischen Internat tätig und in dieser Eigenschaft in Kontakt mit einem Kloster in Südfrankreich. Über dieses Kloster vermittelt er Marylka und ihrem Vater ein altes leerstehendes Bauernhaus, „in einem gottverlassenen Ort – wirklich, es gab noch acht Kühe und ich weiß sonst nix – und so weit verstreut so einzelne Gehöfte und da haben wir gewohnt und es war herrlich. Es war eine wunderschöne Zeit", meint sie und schaut zum Fenster und weiter durchs Laub der Bäume da draußen, als seien sie ein Wald, hinter dem irgendwo Südfrankreich liegt. Ein gewundener, steiniger, staubiger Weg führt dort hin, ein ausgetretener Weg mit Schlaglöchern. Wie vieler Gedankenschritte bedarf es, ihn zu Ende zu gehen, dorthin, wo man wirklich schon einmal gewesen ist?
Marylka Bender muss nun also mit ihrem Vater unter falschem Namen in einem südfranzösischen Dorf leben. Ich habe beim letzten Besuch gefragt, ob sie sich an diesen Namen erinnere. Natürlich. Aber sagen würde sie ihn mir auf gar keinen Fall. Ich muss und kann das respektieren, viel mehr noch, ich kann das nachvollziehen und verstehen. Und gerade in diesem Zusammenhang wird mir erneut bewusst, wie hart seinerzeit der Ausruf ihrer Erstklasslehrerin den kleinen

Menschen getroffen haben muss. „I sag Mare zu dir!" Und ich habe ja an ihrer Reaktion gespürt, wie sehr dieser Bereich ihrer Erinnerungen des Schutzes bedarf. So betritt man ein unbekanntes Terrain, das man zwar beschreiben kann, dessen Charakteristik einem aber lange fremd sein wird.

Am Nachmittag sitzen wir im Wohnzimmer und Marylka Bender öffnet eine kleine Schachtel. Die Aquarelle aus der Zeit in Südfrankreich bewahrt sie noch heute auf. Kleinformatige, idyllisch wirkende Bildchen, hingetupft, viel Himmel, Freiheit, südliches Licht, man meint den Duft der ätherischen Pflanzenöle zu riechen. Die Idylle täuscht über die

Bedrohlichkeit der politischen Situation, über dieses Leben am Rande der eigenen Existenz hinweg. Eine Region als Refugium, das Zeichnen als Refugium, die Ergebnisse genauen Hinsehens, die Bilder selbst als Refugien. Aber was ist das für ein Frühling, was für ein Sommer, wie wird der Herbst, wie wird der Winter, wenn man unter einer Tarnkappe leben muss, einem schützenden, aber schweren Hut,

der einen in den Boden drückt und kleiner und kleiner zu machen scheint: das verleugnete Ich ...
Der Ort liegt in einem anderen Departement, sie können die Bahn benützen und es ist wohl ein unheimliches Gefühl, im Zug Körper an Körper zwischen lauter deutschen Soldaten zu sitzen. Aber sie kommen unbehelligt ans Ziel. Das Dörfchen befindet sich auf einer Anhöhe. Die Fahrstraße liegt ziemlich weit unterhalb, sodass der Ort von da aus kaum zu sehen ist. Er besteht aus fünf Häusern, acht Kühen, einem schmalen Pfad drum herum und einer überdimensionierten Kirche, die auch für die weit auseinander liegenden Gehöfte des Umlandes zuständig ist. Der Pfarrer isst und trinkt jeden Sonntag nach der Messe reihum in einem der Höfe zu Mittag und es soll vorkommen, dass er dann von den wenigen Dorfbuben, die es noch gibt, angeheitert aus einem Straßengraben gezogen und nach Hause gebracht wird.
„Unsere Freunde waren bereits in dem uns zugewiesenen Haus, als wir ankamen. Es war ein bezauberndes, uraltes Bauernhaus, ebenerdig, mit Steinböden, einem großen, eisernen Küchenherd, einem Plumps-Klo im Hof, einer Scheune, in der noch einige Schaufeln, Rechen und Körbe zu finden waren, und mit einem geheimnisvollen Speicher, in dem ich vergilbte, alte Hochzeitsbilder, vertrocknete Brautsträußchen und einen wunderschönen großen Strohhut fand, den ich noch bis zum Kriegsende trug. Das Schönste aber war das Gärtchen vor dem Haus. Ein Bauerngärtchen mit einer Weinlaube mit großen süßen Trauben, einem wunderbaren Birnbaum und einem ebensolchen Pfirsich-

baum, die beide im Frühling den Duft ihrer weißen und rosa Blüten verströmten und dann die schönsten und besten Früchte trugen, die ich je aß. Der Charme für uns Großstädter war unbeschreiblich, sich da eine Traube, dort eine Birne oder einen Pfirsich zu pflücken und frisch vom Baum zu essen. Sogar einen Bäcker gab es, der eigens für mich Weißbrot buk, weil ich Magenschwierigkeiten hatte und das grobe Maisbrot nicht vertrug. Überhaupt war die arme Bevölkerung bewundernswert. Es war klar, dass wir in keiner Weise aus der Gegend stammten. Aber niemals wurden irgendwelche Fragen gestellt. Takt und Diskretion war ihnen allen selbstverständlich. Trotz der acht Kühe gab es im Dorf selbst keine Milch. Man konnte sie aber in einem ziemlich weit entfernten Einödhof bekommen. Da ich schlank war, konnte ich es mir leisten, mir eine Gummi-Wärmeflasche um den Bauch zu binden, um sie unter einer lockeren Kleidung als Transportmittel zu benützen. Denn bei aller Einsamkeit der Gegend war immer Vorsicht geboten. Einzelne Gruppen von Deutschen oder auch von Collaborateuren tauchten nämlich doch immer wieder in der Gegend auf. Das Land war flach hügelig, wenig bewaldet, nicht eigentlich schön, aber in seiner Weite und Kargheit reizvoll, im Sommer sehr heiß, im Winter matschig und auch verschneit. Manchmal, wenn von unten, der Fahrstraße, Lärm zu hören war, lief alles auf den Kirchplatz um zu schauen, ob ‚sie', d. h. die Feinde, nicht etwa doch auf dem schmalen Feldweg in unser Dorf heraufkämen. Aber zum Glück kamen sie nicht. Einmal tauchte ein einzelner Mann auf, in eine priesterliche

Soutane gekleidet, und bat um den Kirchenschlüssel, der bei uns deponiert war. Er war groß, schlank, mit eleganter Figur und intelligentem Gesicht. Wir boten ihm etwas zu essen an, er nahm es dankend an und verschwand wieder. Für uns war er ‚der Engländer', vielleicht aus einem abgeschossenen Flugzeug entkommen, vielleicht ein getarnter Spion. Im übrigen aber beschränkte sich unser Kontakt mit dem Weltgeschehen darauf, jeden Abend mit unseren Nachbarn zusammen das englische Radio BBC zu hören und unsere Schlüsse aus den Berichten zu ziehen.
So verflossen die Tage, Monate, Jahre. Wir pflückten dicke, schwarze Brombeeren in den Hecken zwischen blühendem Ginster, sammelten Holz für unseren Küchenherd im nahegelegenen Wäldchen, braungrüne Felder und gelber Mais lagen in endloser Weite vor uns. Es war schön, sehr einfach und eben deshalb besonders schön. Der Genuss dieses ländlichen Lebens war für uns doppelbödig."

Vom Spätsommer 1942 bis 1946 bleiben Vater und Tochter in Südfrankreich. Ihre Nachbarn sind Bauern. Marylka und ihr Vater freunden sich mit ihnen an. Sie besuchen sich gegenseitig. „Irgendwie hat man es gespürt, dass der Krieg dem Ende zugeht. Auch die englischen Nachrichten deuteten darauf hin. Ja, mein Gott, eines Tags war halt der Krieg aus. Da hab ich wieder geheißen, wie ich immer geheißen hab."
Noch in Lourdes, nach ihrer Verhaftung, hat Marylkas Vater der Kirche als Dank für die Hilfe bei ihrer Errettung

ein Altarbild versprochen. Nun wird es endlich möglich, dieses Versprechen einzulösen. Deshalb fahren die beiden nicht gleich zurück nach Paris, sondern zunächst nach Lourdes. Dort lässt Stanislas Bender ein großes Gerüst errichten und beginnt umgehend mit den Arbeiten. Nach einigen Wochen werden die Fresken schließlich feierlich vom Bischof eingeweiht. Danach fährt Marylka für kurze Zeit nach Paris, um die französische Staatsbürgerschaft zu beantragen und zu sehen, was aus der Wohnung geworden ist. „Die war während der Kriegsjahre von einer deutschen Dame bewohnt gewesen, die offenbar die Wohnung sehr sorgfältig behandelt und in gutem Zustand hinterlassen hat."

Der Zweite Weltkrieg ist vorbei

---

30. April 1945: *Adolf Hitler begeht Selbstmord.*
8. Mai 1945: *Bedingungslose Kapitulation der Deutschen Wehrmacht. Ende des Zweiten Weltkrieges in Europa.*
28. Juli 1945: *13 Tote bei Flugzeugunglück. In New York stürzt ein B-25 Bomber zwischen dem 78. und 79. Stockwerk in das Empire State Building.*

6. und 8. August 1945: *Amerikaner werfen Atombomben über Hiroshima und Nagasaki ab. Rund 100.000 Menschen sterben unmittelbar.*
30. September 1946: *Nürnberger Prozess gegen die Hauptkriegsverbrecher – 12 Todesurteile, 7 Haftstrafen und 3 Freisprüche. Hermann Göring begeht vor Vollstreckung der Todesstrafe Selbstmord. Weitere Prozesse werden folgen.*
16. Dezember 1946: *Paris – Christian Dior eröffnet sein Modehaus.*

Nur langsam beginnt das Leben sich wieder zu normalisieren. Marylka kehrt noch einmal für kurze Zeit nach Lourdes zurück. Es gelingt ihr von dort aus, ihre beruflichen Verlagsbeziehungen wieder aufzunehmen. „Ich genoss die Gemütlichkeit der Kleinstadt umso mehr, als der Postverkehr auch mit Deutschland wieder zu funktionieren begann. Ich erfuhr, dass es in München die mir am nächsten stehenden Personen noch gab, und wir konnten uns schreiben."
Vater und Tochter müssen allerdings schon bald erfahren, dass von ihrer Familie in Polen nur zwei Kusinen überlebt haben – eine in Israel, die andere in Neuseeland. Alle anderen, alle Geschwister von Marylkas Vater und deren Familien sind in den Konzentrationslagern umgekommen.

Aber nun gilt es, eine Liebesgeschichte weiterzuerzählen.
Was ist aus Christian geworden?
„Wir waren acht Jahre getrennt. Und zwar sechs Jahre total, solange der Krieg gedauert hat, da hat man nix voneinander

gehört und gewusst und gar nix. Überhaupt nichts. Nichts. Es war mir unmöglich, ihn mir in einer Uniform vorzustellen, und er hat, da war er auch ganz stolz drauf, den ganzen Krieg über nie eine Uniform ang'habt. Als Erfinder, da wurde er ein bissl schonend behandelt."

Es kommt Marylka Bender vor wie ein Wunder, als Christian Kellerer über eine entfernte Schweizer Verwandte Botschaften nach Paris sendet. So lange haben sie nichts voneinander gehört. „Nichts, nichts, nichts. Nur einmal bekam ich eine Postkarte, eine ganz offene, gewöhnliche Postkarte. Da stand bloß drauf, mit herzlichem Gruß und so. Mit einer mir völlig unbekannten Schrift. Und da hab ich lange dran herumgeknobelt, wo das herkommt und wer das überhaupt ist. Und dann hab ich schließlich anhand eines Buchstabens, der Form eines Buchstabens erkannt, das ist die Schrift, die verstellte Schrift, aber die Schrift. Da wusste ich, dass er noch lebte. Ein Buchstabe, ein R, das weiß ich noch, das war so typisch."

Natürlich wollen sich die beiden jetzt endlich wiedersehen. Er soll nach Paris reisen, dann quasi als Antwort sie nach München. Doch nach dem Ende des Zweiten Weltkrieges herrscht große Unordnung und Unübersichtlichkeit. Die Reisemöglichkeiten sind extrem schlecht. Das Wiedersehen verzögert sich. Die Zeit dehnt sich. Marylka erinnert sich noch gut: „Er konnte noch nicht raus und ich konnte auch nicht raus. Aber wir konnten uns schreiben."

Christian Kellerer ist ungeduldig. Er bedrängt sie. Sie soll sofort kommen. „Ja, dann hat er mir mal einen Bekannten geschickt. Das war ein Ungar, der konnte frei reisen. Den hat er mir geschickt – mit dem Auftrag, mich sofort mitzunehmen. Was natürlich in keiner Weise möglich war. Da war er dann schon ziemlich sauer, dass das missglückt ist."

Marylka Bender hat Angst. Sie ist immer noch polnische Staatsbürgerin. Bei einer Kontrolle könnte man sie verhaften und nach Polen oder Sowjet-Russland abschieben.

„Sicher, wäre ich abenteuerlustig gewesen, hätte ich mich von irgendeinem amerikanischen Jeep mitnehmen lassen und versucht, mich nach der Grenze irgendwie nach München durchzuschlagen. Dazu aber war ich nicht mutig genug. So ein mutiger Sprung ins Leere wäre ein würdigerer Abschluss der überstandenen Misere gewesen. Aber damit war ich überfordert. Auch dem eigenen Willen und Wunsch sind charakterliche Grenzen gesetzt", sagt sie.

Trotzdem: Sie wollen sich unbedingt sehen und arrangieren ein Treffen auf neutralem Boden in der Schweiz. So können sie wenigstens ein paar Tage zusammen am Bodensee verbringen.

„Dann hab ich den polnischen Pass zurückgegeben und bin französische Staatsbürgerin geworden. Und seitdem bin ich's halt."

Wie wichtig ist denn eigentlich so eine Staatsbürgerschaft für Marylka Kellerer? Sie sieht das pragmatisch und ist um Antwort nicht verlegen. „Das kommt drauf an. Also, ich muss ehrlich sagen, die deutsche Staatsbürgerschaft zu Nazi-Zeiten hätt ich nicht haben wollen. Jetzt ist es was anderes. Aber warum sollte ich. Und ich bin den Franzosen dankbar.

Ich würde die französische Staatsbürgerschaft nie freiwillig hergeben."

Von 1948 an, seit Marylka Bender französische Staatsbürgerin ist, kann sie wieder legal nach Deutschland reisen. Ein längerer Aufenthalt in München ist allerdings immer noch umständlich, solange sie nicht zusätzlich durch Heirat auch die deutsche Staatsangehörigkeit erworben hat.

„Nach dem Krieg war München in einem jämmerlichen Zustand, fürchterlich. Und zu essen gab's auch nichts. Das ist mir unvergesslich. Also Lokale gab's schon, es gab nur nichts zum Essen. Also, wir waren in so einem Lokal, in dem's angeblich was zu essen gab. Wir haben irgendeine Suppe bestellt, oder was. Also jedenfalls seh ich noch meinen Mann dasitzen und die Suppe löffeln und sagen: „Du, wenn's dir net schmeckt, brauchst as fei net essen."

Obwohl Christian Kellerer reichlich raffiniert und geschickt im Beschaffen von Nahrungsmitteln ist, dieses Leben können sie auf die Dauer nicht durchhalten. Marylka Bender braucht eine Aufenthaltsgenehmigung. Sie müssen so schnell wie möglich heiraten. Aber das ist nicht so einfach. „Normalerweise ist zuerst die standesamtliche Trauung und dann die kirchliche. Bei uns war es umgekehrt, wie alles", sagt sie und muss grinsen. „Mein Mann kannte einen Geistlichen aus St. Bonifaz, das war ein netter Mann. Und zu dem is er gegangen und hat gsagt: ‚Wie mach ma na des?' Dann hat der gesagt, ‚dann trau ich euch halt einfach. Und wir machen dann nachträglich die standesamtliche.' Und so hat er's auch gemacht und hat uns auch getraut, ohne irgendwas. Und dann später, paar Monate halt, war ich mal zu Hause und hab Gelbe Rüben geschält, mein Mann war in der Stadt. Auf einmal kommt er zurück und sagt: ‚Zieh dich schnell an, wir müssen aufs Standesamt. Da ist nämlich ein junges Paar und denen müssen wir Trauzeugen machen und die machen dann für uns Trauzeugen.'" Da zog sie schnell ihre Küchenschürze aus und ging mit ihm zum Standesamt. „Ja, und danach gingen wir gleich wieder heim und ich band meine Küchenschürze wieder um und kochte meine Gelben Rüben fertig. Das war unser Hochzeitsmahl. Mehr gab's nicht."

30. Januar 1948: *Mahatma Gandhi wird ermordet.*
20. Juni 1948: *Währungsreform in den drei deutschen Westzonen. Nach Vorlage von Kenn- und Lebensmittelkarten werden pro Person 40 Deutsche Mark ausgezahlt.*
23. Mai 1949: *Gründung der BRD.*
7. Oktober 1949: *Gründung der DDR.*

Noch einmal der Name: Ich frage sie, wie sie am liebsten angesprochen will, Frau Bender, Frau Kellerer oder mit ihrem

Doppelnamen, den sie seit der Hochzeit hat, Frau Bender-Kellerer.
„Ach das ist eigentlich egal. Alles stimmt. Sie können sich das aussuchen. Mein Mädchenname ist Bender. Erst 1948, als ich heiratete, nahm ich den Namen meines Mannes Kellerer an, doch behielt ich den Namen Bender bei als Autorin und Urheberin meiner künstlerischen Arbeiten."

Nach einem dreiviertel Jahr kehrt Marylka Bender-Kellerer allein nach Paris zurück. Ihr Mann hat einen Auftrag von einer Firma in England bekommen. Wenig später besucht ihn Marylka dort für einige Wochen.
Erst Anfang der fünfziger Jahre übersiedelt Christian Kellerer zu seiner Frau nach Paris. Aber er behält auch immer ein Standbein in München, eine Wohnung in Schwabing.
Manchmal rutschen Frau Kellerer beim Erzählen unwillkürlich französische Wörter heraus, „un pied a terre", sagt sie. Das ist kein Wunder, sie hat ja die längste Zeit ihres Lebens in Frankreich gelebt. Sie liest auch heute immer noch französische Zeitungen und Zeitschriften.

5. Mai 1955: *Gründung der Bundeswehr und die Wiederbewaffnung der Bundesrepublik.*
19. Mai 1957: *In Deutschland wird die Geschwindigkeit in Ortschaften Geschwindigkeit auf 50 km/h begrenzt. Die ersten Radarfallen werden aufgestellt.*
2. September 1957: *Little Rock, Arkansas, USA – der Gouverneur lässt aus Gründen der Rassentrennung National-*

gardisten aufmarschieren, um neun schwarzen Schülern den Zutritt zur örtlichen Schule zu verwehren.

4. Oktober 1957: *Sputnikschock – die Sowjetunion schickt „Sputnik", den ersten künstlichen Satelliten, ins All und versetzt damit die USA in Aufruhr. Die politischen Reaktionen führten zur Gründung der NASA.*

In Paris besinnt sich Marylka Bender-Kellerer auf das, was sie vor dem Krieg bei ihrem Vater gelernt hat. Sie entwirft Gruß- und Glückwunschkarten und gründet einen Verlag. Auch den Vertrieb übernimmt sie selbst und reist mit ihren Musterkoffern von Stadt zu Stadt und zu den großen Fachmessen im In- und Ausland.

Fahndet man im Internet nach Arbeiten von Marylka Bender-Kellerer, stößt man zunächst auf die Gemälde ihres Vaters Stanislas Bender, aber auch unter ihrem Namen wird man an den verschiedensten Stellen fündig. So gibt es auf den Seiten des amerikanischen Patentamts unter Nummer 2,696,690 vom 28. Mai 1951 einen Hinweis auf ihre dreidimensionalen Grußkarten.

Darauf angesprochen, meint sie nur: „Da weiß ich gar nichts davon – das muss mein Mann gemacht haben. Ich fing meinen Verlag auch auf Betreiben meines Mannes an. Und, damals, muss ich sagen: Ich und verkaufen, das waren zwei Welten. Aber irgendwie hab ich's hingekriegt."

United States Patent Office

2,696,690

Patented Dec. 14, 1954

1

2,696,690

THREE-DIMENSIONAL GREETING CARD

Marylka Kellerer, née Bender, Neuilly-sur-Seine, France

Application May 28, 1951, Serial No. 228,558

Claims priority, application France May 31, 1950

3 Claims. (Cl. 41—11)

This invention relates to picture bearing articles and more especially to articles bearing printed pictures such as appear on greeting and menu cards, posters, decorative materials, advertising prints, picture books, informational and educational representations and other reproductions in print on sheet material, and in the first place plain or colored paper, cardboard, sheets of plastic material, textile tissues, metal sheets etc. It is an object of this invention to improve, both in technical and economical respect, the manufacture of articles of the kind aforesaid which display a three-dimensional appearance by virtue of different parts thereof extending and being held in different planes.

Pictures of a similar type as hitherto available consist of separate parts pasted or otherwise connected to each other or to a background sheet, or scored or stamped out and folded to extend in different planes. In the production of these articles the necessity of glueing the parts together was particularly objectionable and the printing had to be done in most cases on both sides of the sheet.

It is an object of this invention to provide a novel form of plastic-appearing picture sheets, consisting, in their simplest embodiment, of a plurality of fragmental coherent portions of a single sheet of paper or other material, all printed with parts of the picture on the same surface of the paper and scored and folded into partial superposition.

It is a further object of this invention to provide a process whereby the new type of plastic-appearing picture bearing articles can be produced on the printing press and/or the stamping die in a single operation which involves a great saving in material and a still greater saving in labor, wages and first cost of the article.

In order to convey a better understanding of my invention and how the same is to be performed, I will now describe it in detail, having reference to the drawings affixed to this specification and forming part thereof, in which several embodiments of my invention are illustrated diagrammatically by way of example.

In the drawings

Figs, 1–4 illustrate one embodiment,

Fig. 1 showing the blank, printed and scored, but not yet folded,

Fig. 2 illustrates on a smaller scale the mode of folding it, while

Fig. 3 shows the finished article, drawn to a slightly larger scale,

Fig. 4 being a diagrammatical representation, in side view, of the different planes in which extend the fragmental portions of which the picture is composed.

Figs. 5–8 illustrate a second embodiment,

Fig. 5 being the blank,

Fig. 6 showing the mode of folding same, while

Fig. 7 is a perspective view of the finished article in open,

Fig. 8 is a plan view in closed position.

Figs. 9 and 10 are diagrams indicating the possibility of making cards or the like offering more than two printed card sections for the composition of a plastic-appearing picture according to this invention.

Fig. 11 illustrates an embodiment utilizing three printed sections, while

Fig. 12 shows a modified form of a card in which two printed sections and two frame sections are combined in the form of a triptych.

Fig. 13 is a perspective view of another embodiment

2

having means for displaying the plastic picture in substantially vertical position.

Fig. 14 is a diagrammatic showing of a card with a covering section which presents retaining edges forming part, not of a frame, but of a mere triangular section.

The feature common to all the embodiments shown on the drawings and which is the most important feature of the articles according to this invention, is the provision of a covering sheet section presenting at least one edge and better still a plurality of edges extending partly or altogether across the underlying sheet section or sections, preferably in the form of a frame of regular or irregular contour, these edges serving as the means for retaining and raising scored parts of one or a plurality of covered (underlying) card sections, all bearing part of picture on the same side of the sheet, raised or pulled by hand above these edges, in a plane or planes different from the plane in which the section is situated, to which they adhere.

Referring to the drawings and first to Figs. 1–4, A, B and C are coherent sections of a single sheet of paper, cardboard or other sheet material. The surface of section A as shown in the drawing is the rear face of the section and of the finished card. Sections A and B are rectangles intended to be folded along the line **1** as shown in Fig. 2. Section B is scored along the open oval line **2**. Within the oval frame thus formed, the central part of section B is scored along the contours of a vase **3**, from which rises a bunch **4** of flowers and leaves. Section C hangs on to the lower part of section A by a connecting piece **5**. It is scored along the contours of another bunch **6** of flowers and leaves. The flowers and leaves of bunch **4** are joined together or adhere to the section B only at the points marked **7** and are separated for the greater part from the sheet section and from each other by the cuts **8**. By folding section C along the line **9** against the front face **10** (not visible in Fig. 1) of section A, and section B on top of them (Fig. 2) the contours of the vase and the flowers and leaves of both bunches appear in the frame formed by the oval aperture **2**, partly overlapping each other.

As shown in Fig. 3, the outermost flowers and leaves of the bunch **6** are raised or pulled by hand through the aperture of the oval frame of section B and the flowers and leaves of bunch **4** which are scored from the material of section B and still adhere to it at some points, are partly pulled through between those of bunch **6**, so that now the two bunches are situated in at least two different planes raised above the plane of section B. The dotted lines **11** of reference leading from parts of Fig. 3 to the diagram of Fig. 4 indicate the planes in which the flowers and leaves appear after they have been raised out of the plane, in which this covered section extends. Obviously these raised portions will, at least partly, extend in directions not parallel with the sheet or card section A and thereby increase the appearance of plasticity. By partly overlapping each other, they hinder the onlooker from distinguishing clearly the planes from which they emerge.

On the basis of the representation of section A on the drawing as being viewed from the back, printing of the picture on sections B and C is done on the rear surface of the sheet exclusively, because it is these rear surfaces, that appear as top faces of the finished article.

In the card shown in Figs. 5–8 a sheet with the contour of a capital T subdivided into four sheet sections A, B, C, D and printed on three sections B, C and D is folded as shown in Fig. 6, the finished article showing a small part of the picture as being visible through a heart-shaped aperture **14** of section D. Section C is formed with the main frame **15** surrounding the portion **18** cut out and free to be raised out of the plane of section C, this section thus being comparable to section B in Fig. 1. Section B, similarly as section C in Fig. 1, adds the main parts **16**, **17** of the picture which when the sheet is folded (Figs. 6 and 7) combines with **18** to show a plastic picture whose overlapping parts appear in several different planes.

The canopy **17** forming a separate portion of section B, when folded as shown in Fig. 7, extends in a horizontal

Dec. 14, 1954 MARYLKA KELLERER, NÉE BENDER 2,696,690

THREE-DIMENSIONAL GREETING CARD

Filed May 28, 1951 3 Sheets-Sheet 1

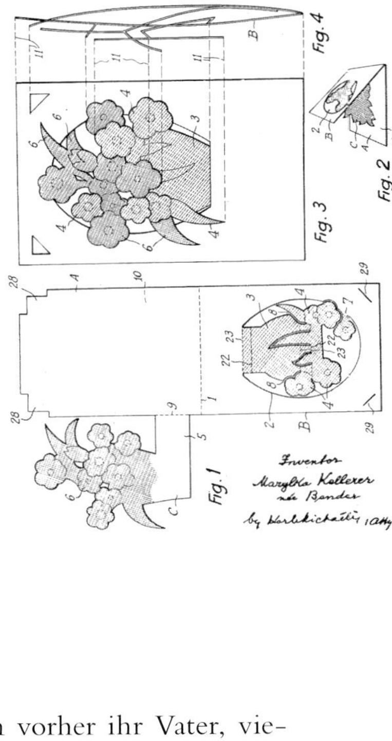

Ihr Mann nimmt ihr, so wie schon vorher ihr Vater, viele Entscheidungen und Tätigkeiten ab. Das tut ihr gut und gleichzeitig bedrückt es sie. Hat sie nicht schon wiederholt gesagt: „Ich war viel zu brav …“

Wie muss man sich die Arbeiten Marylka Kellerers von damals vorstellen?

Der Verlag floriert. Nach ein paar Jahren hat sie so viele Aufträge, dass sie die Bestellungen nicht mehr allein bewältigen kann. Sie muss delegieren und erteilt Aufträge an Zulieferfirmen.

Während der fünfziger Jahre lebt das Paar zurückgezogen in einer eigenen Wohnung unweit vom Vater im vornehmen Pariser Vorort Neuilly-sur-Seine. Der ehemalige französische Staatspräsident Nicolas Sarkozy ist einst Bürgermeister in Neuilly gewesen. Auch Prominente wie der Filmregisseur François Truffaut, der Schauspieler Jean-Paul Belmondo oder der Reeder Aristoteles Onassis haben in Neuilly gelebt.

„Dort gab es einen Schlafraum und einen Wohnraum, an dessen Ende hat sich mein Mann ein Arbeitszimmer eingerichtet und am anderen Ende, wo man so durchgehen musste, sogar mit einer eigenen Eingangstür, war noch mal ein kleiner Raum. Und das wurde mein Atelier.“

Christian Kellerers Interesse gilt neben der Technik immer auch der Psychologie, auf der sein Weltbild einer erkenntniskritischen Relativitätspsychologie gründet. In den dreißiger

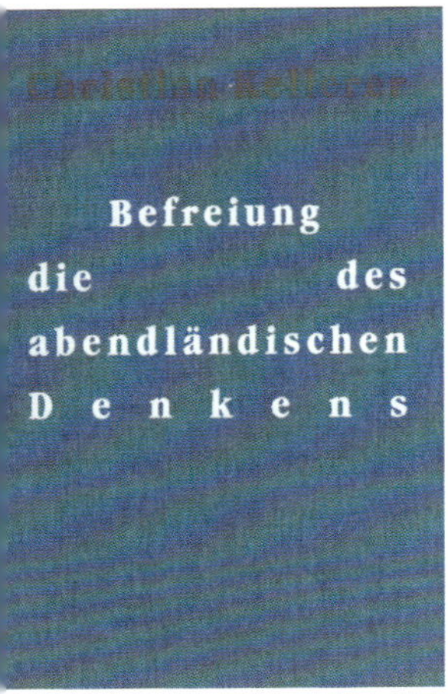

Jahren sollte seine Arbeit „Die grenzenlose Wirklichkeit“ seine Dissertations- und Habilitationsschrift werden. Da die Nazis sie vernichtet hatten, nimmt nun Christian Kellerer in Paris die Wiedererstellung in Angriff – diesmal, mangels der unwiederbringlich verlorenen Unterlagen, aus dem Gedächtnis. Es entsteht ein bedeutendes Werk in zwei Teilen, das unter dem Titel „Die Befreiung des abendländischen Denkens – Die Spirale der Bewusstwerdung“ erschienen ist.[7]

„Für einen Menschen, der in irgendeiner Form mit Kunst zu tun hat, ist Paris ein idealer Arbeitsort. Die Atmosphäre vibriert, überall begegnet man originellen Zeitgenossen, die Straßen, die Beleuchtung, die Häuser, die Menschen wirken wie gemalte Bilder.[8] Da kam oft mein Mann mit einem Packen von Manuskriptzetteln in der Hand. Er kam von der einen Seite, ich von der anderen, und ich sollte sein Manuskript lesen und er sollte meine Bilder anschauen, die ich inzwischen gemalt hatte. Das war wirklich nett, wenn man sich nicht gestört hat, das war prima. Ein solches Neben- und Miteinander ist ungemein reizvoll und wichtig in einem langen Zusammenleben."

Am Anfang der sechziger Jahre kommt Unruhe ins beschauliche Leben des Ehepaars Kellerer. Christian entdeckt in Paris ein 400 Jahre altes großes Wohnhaus mit mehreren Wohnungen. Das Ehepaar beschließt, es zu kaufen.

„Es war in einem total verlotterten Zustand. Und das hat sich mein Mann vorgenommen, zu restaurieren und daraus ein ordentliches Haus zu machen. Hat's auch weitgehend mit eigener Arbeit gemacht, hat ein paar sehr schöne Wohnungen darin ausgebaut. Später ist uns dann das Geld ausgegangen und wir konnten's nicht fertigstellen."

22. November 1963: *Texas, Dallas – Ermordung von John F. Kennedy.*

1965 - 1975: *Vietnamkrieg.*

3. Dezember 1967: *Kapstadt, Südafrika, erste Herztransplantation an einem Menschen durch Christiaan Barnard.*

21. August 1968: *Ende des „Prager Frühlings". Der Einmarsch von Truppen des Warschauer Pakts in der Tschechoslowakei setzt Alexander Dubceks Versuch, einen „Sozialismus mit menschlichem Antlitz" zu verwirklichen, ein jähes Ende.*

30. Januar 1969: *London – auf dem Dach der Apple-Studios findet das letzte gemeinsame Konzert der Beatles statt.*

20./21. Juli 1969: *Amerikanisches Weltraumprojekt „Apollo 11". Die ersten Menschen landen auf dem Mond.*

4. September 1969: *Erste öffentliche Ziehung der Lottozahlen wird ausgestrahlt.*

29. Nov. 1970: *Start der TV-Krimiserie Tatort.*
7. Dezember 1970: *Warschau, Kniefall von Bundeskanzler Willy Brandt vor dem Warschauer Ghetto-Ehrenmal.*
Herbst 1973: *Erste und folgenreichste Ölkrise, ausgelöst vom Jom-Kippur-Krieg. Reaktion in der BRD: vier Sonntagsfahrverbote und Einführung neuer Geschwindigkeitsbegrenzungen.*

Zu Beginn der siebziger Jahre gibt Marylka Bender-Kellerer ihren Verlag auf. Sie hat ja schon fast das Rentenalter erreicht und will sich jetzt der freien Malerei widmen. Ihr Vater ist inzwischen in ein Münchner Seniorenheim gezogen. So nimmt sie die Gelegenheit wahr, ihren Mann auf seinen regelmäßigen Reisen nach München zu begleiten und dort ihren Vater zu besuchen. 1975 stirbt Stanislas Bender. Er wird auf dem kleinen Friedhof in Neuhausen beerdigt.

Während der achziger Jahre reist das Ehepaar Kellerer viel und landet regelmäßig in München. Dort tauschen die beiden „die anregende Atmosphäre von Paris" ein gegen „Münchens frischere Luft, blühende Bäume und gute Freunde". Allmählich beginnt gar ein regelrechter Pendelverkehr zwischen Paris und München. Während sie unterwegs ist, legt Marylka Bender-Kellerer Pausen ein im Malen und in ihren Aufzeichnungen. Stattdessen liest sie viel, vertieft sich in die Beschäftigung mit Zen-Literatur. „Zwischendurch muss sich einfach die Batterie immer wieder aufladen", sagt sie und streichelt ihre Katze Mucki.

9. November 1989: *Öffnung der Berliner Mauer.*

11. Februar 1990: *Nelson Mandela wird freigelassen.*

19. September 1991: *Ötzi wird in den Ötztaler Alpen gefunden.*

11. April 1992: *Eröffnung des Euro-Disneyland in der Nähe von Paris.*

6. Mai 1992: *Tod von Marlene Dietrich, Jahrgang 1901.*

2. November 1992: *Das Großraumflugzeug Airbus A330 startet zu seinem Erstflug.*

22. September 1992: *auf dem Soldatenfriedhof Douaumont. Jeden, der dabei war, überlief ein Schauer. Da haben die Gefühle auch den französischen Staatspräsidenten und den deutschen Kanzler übermannt. Plötzlich standen sie Hand in Hand.*

2. November 1992: *Galileo Galilei (1564-1642) wird von der römisch-katholischen Kirche formell rehabilitiert.*

1992-1995: *Bosnienkrieg.*

1995-2012: *Bosnieneinsatz der Bundeswehr.*

Tropft die Zeit nach unten wie Wachs oder Wasser oder fliegt sie vorbei wie ein Vogel

---

Welche Rolle spielen Sprachen im Leben der Marylka Bender-Kellerer? Polnisch ist die Sprache ihrer Kindheit bis zum fünften Lebensjahr, danach folgen zweiundzwanzig Jahre, in der das Deutsche ihre Sprache und ihre Gedanken prägt. Daraufhin lebt sie über fünfzig Jahre in Frankreich. Auf ihrem Schreibtisch liegt zurzeit ein französischer Wälzer über Salvador Dalí. Sie wohnt jetzt seit fast zwanzig Jahren wieder in München, liest französisch und schreibt Bücher in deutscher Sprache. Und die Träume? In welcher Sprache träumt sie? Französisch, polnisch oder deutsch?

„In gar keiner", sagt sie, „bildlich, ich träume in Bildern."

Vielleicht kommt das vom Malen, denke ich, und auch von der Kommunikation über ihre Bild-Ideen und die ihres Vaters. Die hat wohl oft ohne viele Worte stattgefunden.

Wieder daheim, versuche ich mir vorzustellen, wie man in Bildern träumen kann. Für einen kurzen Augenblick bin ich nah dran, aber dann beginnt es, in mir zu sprechen: Ich will das aufschreiben, was ich mir vorgestellt habe. Das könnte ja bei ihr genau so sein – sie schreibt ja auch. Trotzdem, am Anfang stehen bei ihr die Bilder. War das nicht auch in der Geschichte der Menschheit so?

Marylka Bender meint wiederholt während unserer Gespräche: „Es ist doch nichts Besonderes an meinem Leben. Ich bin ja vom Holocaust verschont geblieben." Aber ist nicht jede Lebensgeschichte etwas Besonderes. Freilich, ein Leben zu verstehen, das ist nicht einfach. Wer sind wir?
Die Frage der Identität – ein ganzes Leben lang gehen wir ihr nach: Der Portraitzeichner oder -maler weiß ein Lied davon zu singen.
„Das Portrait ist für mich das passionierendste Motiv unter allen. Einem bekannten Gesichtsausdruck nachzutasten, ihn mitzufühlen, einschließlich aller Möglichkeiten seiner eventuellen Veränderung, hat einen außergewöhnlichen Reiz. Ein menschliches Gesicht besteht eben nicht nur aus ‚Punkt, Punkt, Komma, Strich'. Alles was sich dazwischen abspielt, macht das Individuum – und ausschließlich ein bestimmtes, unwiederholbares Individuum – aus. Es gibt keine zwei völlig gleichen Gesichter, nicht einmal bei eineiigen Zwillingen, so wenig, wie es zwei völlig gleiche Stimmen oder Fingerabdrücke gibt." [9]

Bei einem meiner Besuche hört Marylka Bender meine Tonaufzeichnung, auf der ihr die eigene Stimme fremd vorkommt.
„Is des meine Stimme?", fragt sie verwundert.
Wir hören uns anders und wir sehen uns anders als die Menschen, die uns umgeben, und sind es trotzdem, aber mehr von innen, angereichert mit Klängen und Bildern, welche die anderen nicht erfassen können. Ein ganzes Leben flirrt

und klingt da mit. Das Äußere, die Oberfläche, kann das höchstens andeuten und keinesfalls wiedergeben.

Was bleibt übrig, wenn man uns die Sprache nimmt? Mit welchen Worten denken wir weiter, wie verständigen wir uns? Wer sind wir, wenn man uns den Namen nimmt? Wer bleiben wir, wenn uns andere fremde Namen aufzwingen oder gar Nummern? Was bleibt von uns? Wie nehmen wir unseren Platz ein in der Gesellschaft?

1. Juli 2000: *Eröffnung der Öresund-Verbindung, einer 16 Kilometer langen Verbindung von Kopenhagen nach Malmö. Das Recht auf gewaltfreie Erziehung wird in Deutschland gesetzlich festgeschrieben.*

25. Juli 2000: *Paris - Absturz einer französischen Concorde. 113 Tote.*

12. August 2000: *Untergang des russischen Atom-U-Boots Kursk. Der Unfall fordert 118 Tote.*

14. Oktober 2000: *„Harry Potter und der Feuerkelch" erscheint in Deutschland mit einer Startauflage von einer Million Exemplaren.*

Im 21. Jahrhundert wird die Aufmerksamkeit der Menschheit der Klimaveränderung gelten. Die weltweite Erwärmung lässt die Eiskappen der Erde schmelzen. Unzählige Gattungen in der Pflanzen- und Tierwelt stehen bereits auf der Roten Liste. Für die inmitten eines Natur-Albtraums erwachte Menschheit fängt ein schwerer Kampf ums Überleben an. Neben der Ausbeutung der Natur nimmt die Ausbeutung der Menschen wieder zu. Die Kluft zwischen Arm und Reich in der Welt ebenso. Die Grenzen in Europa verschwinden mehr und mehr. Während Kriege in Europa immer unwahrscheinlicher werden, gehen die Kriege überall in der Dritten Welt weiter.

Das „brave" Mädchen Marylka wendet sich, angeregt durch die philosophischen Arbeiten des Ehemannes, als 80-Jährige dem Zen-Buddhismus zu. Sie beginnt mit Tuschzeichnungen im chinesisch-japanischen Stil. Portraits von Menschen und Tieren entstehen. Ihre Entwicklung in diesem Lebensabschnitt beschreibt sie in ihrem Buch „Der tanzende Pinsel"[10]. Sie berichtet darin, wie ihr die westliche Kunst allmählich fremd wurde, wie sie sich dem fernöstlichen Kulturverständnis zuwandte und dadurch eine neue Reife und Gelöstheit erlangte. Gleichzeitig legt Marylka Kellerer in diesem Buch Fährten an zu ihrer geistigen Einstellung und zur Technik der Zen-Malerei.

„Für einen Abendländer, dessen Denken schon durch seine Sprache (gleich welche europäische Sprache) in eine ganz andere Richtung programmiert ist, ist der Zugang zum Zen schwierig. Er muss auf jedes gewohnte psychische Geländer verzichten, jede Logik vergessen, sich im wörtlichen Sinne *ent*-binden. Im Gegensatz zum Tier, dessen Leben durch seinen festgelegten Instinkt in vorgegebenen Bahnen verläuft, hat die Natur den Menschen mit weitgehender Freizügigkeit, aber auch ohne Gebrauchsanleitung ins Leben gesetzt. Nun sucht er sich selbst die nötigen Anleitungen zu geben. Jede Religion, jede Philosophie ist ein Suchen nach Orientierung, nach einem Weg, wie man leben kann – natürlich auch das Zen.“ [11]

Das Jahr 1989, das Jahr der Wiedervereinigung. Ein Freudentaumel hat die Deutschen ergriffen. In diesem Zusammenhang frage ich Marylka Bender: Kann ein Land für sie Heimat sein? Oder eine Religion? Oder München, der Ort der Kindheit?

Für sie sei das eine komplizierte Sache, meint sie, denn sie hätte nie das Gefühl gehabt, dass sie irgendwo daheim sei. „In Polen nicht, in Deutschland nicht, und dann später wurde ich Französin. Ich liebe Frankreich, ich liebe die Menschen dort, aber ich hab nicht das Gefühl, ich gehör dazu. Ich bin halt keine gebürtige Französin. Also das Gefühl, dass man irgendwo beheimatet ist, das ist mir völlig fremd. Auch heute noch. Das bleibt, das ist halt so. Es sind keine Wurzeln da, auch nicht hier in der jüdischen Gemeinde, da gehör ich ja auch nicht dazu, ganz und gar nicht.“ Dass sie sich von allen möglichen Weltbildern, vor allem vom Zen, berührt fühle, hänge vor allem mit seiner Ich-Losigkeit und Toleranz zusammen. „Ein Mensch, der aus schicksalhaften Gründen keine ‚Heimat‘ hat“ und weder in eine Familie eingebettet, noch deren Nestwärme und einengende Sichtweise erfahre, müsse sich von der Grenzenlosigkeit des Zen-Denkens angezogen fühlen.

„Beim Vergleich ihrer früheren mit den heutigen Arbeiten ist deutlich eine Entwicklung festzustellen, und zwar keine allmähliche, sondern ein Schnitt, der geradezu von einer Zeit vor Zen und einer Zeit nach Zen sprechen lässt. Es betrifft nicht allein die Malerei, sondern auch das Selbstgefühl. Weil die Malerei wie jeder künstlerische Ausdruck letztendlich Selbst-Ausdruck ist – jeder Maler malt sich selbst –, ist die Entwicklung an den Arbeiten deutlich abzulesen.“ [12]

Sicher, das Alter ist nicht spurlos an ihr vorübergegangen. Aber so, wie sie sich bewegt, wie sie sich kleidet, in dezenter Eleganz, kommt sie den Bildern im Fotoalbum erstaunlich nah. Man hat das Gefühl, sie ist tatsächlich auch die, die sie nach außen darstellt. Sie ist mit ihren mehr als hundert Jahren auf geheimnisvolle Weise das junge Mädchen geblieben, nur nicht mehr schrecklich brav, sondern brav mit ein paar spitzbübischen Wimpernschlägen und mit augenzwinkernder Weisheit. Sie blickt aber nicht nur weise zurück auf ihren Lebensweg, sie bündelt ihre Erfahrungen, bringt das, was sie erkannt hat, aufs Papier und lässt uns damit an ihren Erkenntnissen teilhaben.

In den letzten Jahren entstanden neben den Zeichnungen auch Gedichte und während der Jahre 2010 bis 2011 eine Erzählung über die Wiedergeburt, eine kleine Philosophie über das Menschsein aus der Perspektive eines Katers.[13] Philo soll Mäuse fangen. Doch keiner hat ihn je gefragt, ob er das auch will. So wandert er auf „weisen Pfoten“ durch das Leben. Er denkt nach über Menschen, Mäuse und Katzenfräuleins und gibt damit uns Lesern so ganz nebenbei Anstöße, die eigenen Standpunkte zu überdenken.

2011 erschien, rechtzeitig zu ihrem 100. Geburtstag, das Buch „Das Geheimnis des ansteckenden Lachens“ – eine philosophische Abhandlung über das Phänomen der „Ahmung“, einen Begriff aus der Philosophie ihres Mannes. Marylka Bender-Kellerer ist mit seinen Gedanken und Ideen bestens vertraut, hat sie mit ihm zusammen in vielen Gesprächen vertieft. Aber sie ist der Meinung, ihr Mann habe viele Bereiche seiner Theorien sehr komplex dargelegt, vielleicht zu kompliziert formuliert. So versucht sie, zentrale Begriffe seiner Philosophie in einer einfacheren Sprache verständlich zu machen.

„Der Erkenntniskritiker Christian Kellerer stand eines Tages vor dem weltberühmten Isenheimer Altar von Matthias Grünewald und geriet dabei in die Gruppe einer Führung, die andächtig den Ausführungen der Leiterin lauschte. Dabei fiel ihm auf, dass alle Betrachter des Gemäldes nach kurzer Zeit mehr oder weni-

ger deutlich in unnatürlicher, verquerer Haltung vor dem Bilde standen. Eine hochgezogene Schulter hier, eine Hüftdrehung dort, eine Handhaltung etwa »ahmten« die schmerzgekrümmte Christusfigur und machten deutlich den emotionalen Eindruck sichtbar, den das Werk auf die Betrachter ausübte. Dadurch aufmerksam geworden, folgten weitere Beobachtungen und schließlich auch psychologische Experimente, die die Theorie bestätigten, wonach jede Wahrnehmung oder Emotion, sei sie bewusst oder unbewusst, in der »Ahmung« ihre entsprechende körperliche Antwort findet und nur so verstanden werden kann. Umgekehrt kann auch die Körperhaltung auf Emotionen und Stimmungen einwirken, sie beeinflussen und sogar hervorrufen – ein Zusammenhang, der schon seit alters kultischen Tänzen und Zeremonien zugrunde liegt und der heute bereits therapeutisch genutzt wird, etwa bei Verspannungs-, Bluthochdruck- und anderen Leiden. Das Verbum »nachahmen« ist im allgemeinen Sprachgebrauch geläufig und jedem verständlich. Die Konzentration dieses Begriffes im Substantiv »Ahmung« dagegen scheint zunächst ungewohnt und fordert zu der Frage heraus: Was ist das? Untersuchungen haben erwiesen, dass auf jeden Sinnes- und Gefühlseindruck eine physische Antwort erfolgt, die von merklichen Veränderungen der Körperhaltung und Gebärden über solche des Blutkreislaufs, des Herzschlags und Atmens bis hin zu kleinsten muskulären Reaktionen im mimischen Ausdruck reichen kann. Ahmung ist also ein unmittelbares, unbewusstes Zusammenspiel von Wahrnehmung, Emotion und muskulärer Reaktion, auf dem jedes Verstehen gründet. Dementsprechend gibt es kein psychisches Erlebnis ohne körperliches Parallelgeschehen und kein körperliches Erlebnis ohne psychische Parallele.“ [14]

In Marylka Benders Leben gibt es drei Tiefpunkte: Den Tod ihrer Mutter im Jahr 1919, die drohende Deportation in Südfrankreich 1942 und den Tod ihres Mannes 1998. Aber sie hat sich nie irgendwie oder irgendwo verloren oder gar aufgegeben und besitzt einen erstaunlichen Überblick – nein, wie schon gesagt, nicht über den Lauf ihres Lebens, sondern über ihren Lebensweg, nur langsam: nicht laufen, sonst bleibt ja keine Zeit zum Leben. Freilich, wir haben dieses Leben gerade zwischen zwei Buchdeckeln ziemlich schnell durchschritten und einen Eindruck bekommen …

Aber formulieren wir es lieber so: Marylka Bender hat sich behutsam, langsam, wie auf Samtpfoten, vom schrecklich braven Mädchen zu einer souveränen, frei denkenden Frau entwickelt. Beleg dafür möge ihr Bändchen „Zen Katzen“ [15] sein. Tusch-Zeichnungen von Katzen im chinesisch-japanischen Stil, denen sie Aphorismen gegenüberstellt, Kürzest-Gedichte, die in ihrer Knappheit den Tuschezeichnungen entsprechen.

Es geht um den gelebten Moment, um einen Augenaufschlag, um das Erleben eines Augenblicks. Katzen widmen einem herabfallenden Blatt ein solch hohes Maß an Konzentration, dass man glauben möchte, sie wären selbst dieses Blatt. Man kann lernen von ihnen.

Nachdem Marylka Bender die Bewegungen einer Katze studiert hat, erfasst sie intuitiv ihr Wesen, bannt es mit dem Tuschpinsel in wenigen Strichen auf Papier. Korrekturen sind nicht möglich, genauso wenig wie man einen abgeschossenen Pfeil zurückrufen kann.

Lauernder
Feind
Fauchende
Wut

Angriff
Ins
Leere

Nur
Ein
Welkes
Blatt
Taumelt
Zur
Erde

Marylkas Mann, der Philosoph, brachte diese Erkenntnis im Nachwort zum Katzenbuch auf den Punkt: „Das Wesen des Zen lässt sich andeutungsweise als Entwicklung eines Erlebnisstromes im Individuum umschreiben, die ihm gestattet, sich einem begrifflichen Denken befreiten und vorstellungsentleerten Seinserlebnis hinzugeben. Das Heraustreten aus der ‚Leere' ermöglicht dem Menschen den Eintritt in eine andere, nun beliebig gewählte Vorstellungswelt mit der Wirkung eines Erlebnisses von Erstmaligkeit." [16]

Mitten im Gespräch spitzt bei Marylka Bender der Humor wie eine Sonne durch die Wolkendecke ihres langen Lebens. Als ihr die Katze auf den Schoß springt, beginnt sie mit Wörtern zu jonglieren, mit Namen und Augenblicken: „Nein, Mucki, nicht beißen, du führst jetzt das Gespräch weiter!"

Seit dem Tod ihres Mannes teilt sie die Wohnung mit der Katze Gris-Gris und dem Kater Mucki. „Vorher war halt im Haus eine Katze, aber die hat nicht uns gehört. Aber wir hatten beide Vorlieben für Katzen. Einmal hab ich eine von der Straße aufgelesen, hab sie heimgeschleppt, eine ganz kleine süße schwarze. Das war so ein kleiner Strolch! Sie ist ab und zu ausgerückt…" Es scheint ihr bei den Kellerers getaugt zu haben. Kein Wunder, denn Marylkas Mann hat stets begeistert mit ihr gespielt. „Aber als ich einmal Wäsche aufgehängt hab im Hof", erzählt sie, „bin ich einen Schritt zurück und ihr aufs Pfötchen getreten. Hab mich schwer entschuldigt bei ihr und sie war auch lieb und nett, aber am nächsten Tag war sie weg, war sie verschwunden."

Der Mucki ist es ziemlich gleichgültig, was Marylka da erzählt. Sie springt an ihr hoch, will jetzt spielen und sonst nichts.

„Nein, Mucki, nicht beißen!“

Und dann auf einmal scheint Marylka Bender-Kellerer ein Jahrhundert zu überfliegen. Sie macht es wie die Katze, sie spielt, wenn auch nur mit Wörtern. „Ach, diese Namen: Die Haushälterin: Mohrle, Maria. Der Vater: Stanislaus – polnisch Stanislas. Die Mutter: Jadwiga – deutsch: Hedwig, etwas liebevoller: Jadscha – und dann ich Marylka – man sagt auch Marylla – nein, das kommt nicht von Gorilla!“

Meine Güte, sie hat immer noch den Schalk im Nacken …

Mittendrin bemerke ich, wie tief ich bereits in die Lebensgeschichte Marylka Benders eingedrungen bin.

Ich trete einen Schritt zurück, suche ein wenig Distanz und frage mich: Wer ist Marylka Bender? Sie trägt Erinnerungen und Erfahrungen in sich, die nicht nur quer durch Europa führen, sondern zusätzlich noch ein ganzes Jahrhundert europäischer Geschichte umspannen. Man stelle sich vor: Im Jahr, als der österreichische Thronfolger in Sarajewo ermordet wurde und der Erste Weltkrieg ausbrach, kam sie in München gerade zur Schule. Den Zweiten Weltkrieg überlebte sie im südfranzösischen Versteck. Die Mondlandung der Amerikaner bekam sie 1969 in Paris mit und das digitale Zeitalter erlebt sie nun wieder in München, der Stadt ihrer Kindheit.

Wie hat sie all das verarbeitet? Wie hat sie sich Ausgleich geschaffen? Sie wirkt nicht getrieben oder gar gehetzt, im Gegenteil, sie macht einen äußerst gelassenen, unaufgeregten Eindruck. Auch ihr hohes Alter scheint sie nicht zu bedrücken. Ihre innere Ruhe wirkt ansteckend. Wenn ich mit ihr ins Gespräch vertieft bin, scheine ich mich in einem zeitlosen Raum zu befinden. Das vergangene, das vergehende Jahrhundert zieht draußen vorbei und kann uns nichts anhaben.

„Ruhend im Zentrum Deiner eigenen Welt,
suche den Weg von innen nach außen."

Marylka Bender

Wie würde Marylka Bender-Kellerer nun ihr Leben rückblickend bewerten? Kurz und bündig meint sie: „Als Endsumme nach über 100 Jahren würd ich sagen: Es war schön."

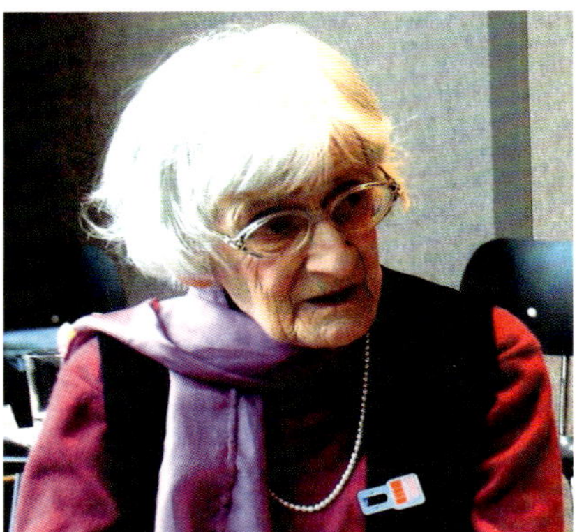

DIE FREMDEN

Lange ist's her, als dies geschah:
Sie wählten die falsche Partei
Und seitdem ist für sie
Auf Erden kein Platz mehr frei.

Es flog ihr Samenkorn im Wind
Über Felder, Land und Meer
Es wurde getragen ohne zu fragen
Nach einem wohin und woher.

Der Wind wurde müde und legte sich,
Das Samenkorn fiel und fiel
In fremder Erde, unter fremdem Gewächs
suchte es Halt und Ziel.

Den Pflanzen umher missfiel das sehr,
Es war anders, ein fremdes Wesen,
Es gehört nicht zu uns, was will das hier,
Bleib es doch, wo es gewesen!

Es versuchte zu blühen – das gefiel ihnen nicht
den Pflanzen, die seit je hier gesessen.
Es wurde verachtet, verhöhnt und verbannt.
Seither flieht es von Land zu Land –
Was Heimat ist, hat es vergessen.

Marylka Bender-Kellerer

Anmerkungen

1 Harald Grill: „‚Ich war schrecklich brav, viel zu brav.' Marylka Bender-Kellerer - ein Leben, ein Jahrhundert" - Radiofeature in der Reihe „Bayerisches Feuilleton". Erstsendung 7. Februar 2009. Bayerischer Rundfunk

2 Oskar Maria Graf: Wir sind Gefangene. Drei Masken Verlag, München 1927.

3 Ebenda.

4 Das Odeon in München wurde 1826-1828 durch Leo von Klenze errichtet und war im 19. Jahrhundert ein Konzerthaus. Heute ist es Sitz des bayerischen Innenministeriums.

5 Thomas Mann: München leuchtete. SZ-Bibliothek, München 2008.

6 Kleiner Führer durch Paris. Dompol's Edition. Paris 1940.

7 Christian Kellerer: Die Befreiung des abendländischen Denkens – Die Spirale der Bewußtwerdung. Stroemfeld-Verlag, Basel - Frankfurt/Main 1996.

8 Marylka Bender: Der tanzende Pinsel: Die große Befreiung durch Zen-Malerei. Bastei Lübbe, Köln 1997.

9 Ebenda.

10 Ebenda.

11 Ebenda.

12 Ebenda.

13 Marylka Bender-Kellerer: Der verwandelte Kater. arsEdition, München 2011.

14 Marylka Bender: Das Geheimnis des ansteckenden Lachens: Über das Phänomen der „Ahmung". Buch & Media, München 2009.

15 Marylka Bender: Zen-Katzen. Artemis & Winkler, München 2010.

16 Ebenda.

Bildnachweis

Archiv des Erzbistums München und Freising 92

Grill, Harald 119 (o.)

Maier, Siegfried 5, 24 (l.), 41 (l.), 108, 114 (l.), 119 (u.)

Kiendl, Rudolf 24 (r.), 26

www.dhm.de/ausstellungen/lebensstationen/2_138.htm 66

www.dhm.de/lemo/objekte/pict/651_2/index.html 70

www.freepatentsonline.com/2696690.pdf 96

Die Rechte aller übrigen Abbildungen liegen bei Marylka Bender-Kellerer. Siegfried Maier besorgte die fotografischen Reproduktionen.

Harald Grill

Geboren 1951 in Hengersberg (Niederbayern), Kindheit und Jugend in Regensburg, 1973 bis 1988 Pädagogischer Assistent, seit 1988 freier Schriftsteller. Für sein literarisches Schaffen hat er zahlreiche Preise erhalten, u. a. den Friedrich-Baur-Preis der Bayerischen Akademie der Schönen Künste (1992), den Marieluise Fleißer-Preis (2003). Der Autor lebt in Wald im Landkreis Cham.

Siegfried Maier

Geboren am 27.02.1944 in München. Kindheit, Jugend und Schule in München. 1961 Abschluss der mittleren Reife. 1961 Beginn mit der Ausbildung für den mittleren Dienst bei der Finanzverwaltung des Freistaates Bayern. 1979 Abschluss als Diplomverwalungswirt (FH). 2009 Eintritt in den Ruhestand. Lebt in München.

ISBN 978-3-943135-09-1

Erste Auflage

Layout, Satz und Repro: Rudolf Kiendl, München

Herstellung: Friedrich Pustet KG, Regensburg